I0563586

ORTODOXA

SEd Suburbano Ediciones

ORTODOXA

Francisco Laguna Correa

www.suburbanoediciones.com

@suburbanocom

Nota del autor

En 2006, antes de irme a vivir a Chiapas, compré en el tianguis de La Conchita en Tepito una grabadora de voz. La grabadora venía en un estuche de gamuza junto con tres casetes con la voz de una mujer. Al principio pensé que era una española, pero a medida que fui escuchando las grabaciones descubrí que Ortodoxa era una inmigrante mexicana que había vivido en España. Transcribí las grabaciones y este es el resultado. Lo más difícil fue incluir los silencios y las pausas; más que una historia novelada, *Ortodoxa* es una forma de literatura oral.

a doña Charo,
por las utopías
y las conversaciones
allá en Besòs Mar.

How can he write about women,
when he's never had a woman?
John Fante

El lumpenismo: enfermedad infantil del intelectual.
Roberto Bolaño

Conjetura preliminar[1]

La gente que lea esto pensará que Ortodoxa merece ser castigada de forma ejemplar, pero no como en *La Rumba* de Ángel de Campo: Ortodoxa nunca llegará al convento, aunque sí tal vez a una comuna en el sur de México o Perú o Colombia, en donde parece que ahora se están desarmando los territorios antes en guerrilla. ¡El papel del lector no debe ser sólo el juicio! Al menos, antes del juicio, invito a los lectores a indagar en torno a los métodos de escritura ejercitados desde el horizonte de expectativas de los primeros autores. La organización que hice de las grabaciones recopiladas obedece a mi deseo de narrar una serie de textos más próximos al informe forense que a la ficción o a la crítica literaria. Cuando Ortodoxa entró a la habitación, a Manuel ya se lo habían tronado y lo habían dejado ahí tirado desnudo con la ñonga bien dura. Ortodoxa le acarició los pezones, los muslos, dibujó el perímetro de los testículos, todo mientras recordaba a Manuel enfundado en unos leotardos de color verde. Ella no lo mató, sólo se montó

---

1 El transcriptor, editor y autor quiere hacer patente que este texto no aparece en ninguna de las grabaciones de voz que conforman esta historia, pero después de transcribir el contenido íntegro de los casetes, el autor asumió la libertad de incluir una conjetura preliminar con respecto al desencadenamiento en picada de la ira de Ortodoxa. El autor agradece las lecturas de los borradores a Salvador Calva Carrasco, Carlos Abreu Mendoza, Kyzza Terrazas y al taller número uno, impartido por Angie Cruz, del MFA de la Universidad de Pittsburgh.

en él para despedirse como hubiera hecho cualquiera de sus enamoradas. Y tuvo que escupir bien poco en sus dedos índice y cordial para lubricar el miembro frío y endurecido como roca invernal. Y ese coito no duró mucho, apenas unos cinco o seis espadazos antes de que Ortodoxa se levantara con ganas de salir corriendo. Se lavó las manos y, acto seguido, salió del apartamento con el número trescientos diez como lo había hecho tantas veces en el pasado. Y como Ortodoxa huyó, los policías que recibieron el expediente anotaron su nombre justo debajo del título "sospechosos". Ortodoxa se acostaba mucho con Manuel y de repente también le decía que lo amaba. Recuérdese, como reza en *El Conde Lucanor*, que mezclar varias formas de los amores termina por dejar demasiados rastros en el sendero llamado "vida". Ante el escenario del asesinato de su cochador oficial, Ortodoxa, ya de ira explosiva, se precipitó hacia el silencio de la venganza. Imagino que Ortodoxa aceptaría terminar, con sarcasmo, afirmando "y amén".

Ortodoxa

17

Francisco Laguna Correa

CASETE UNO

(Etiquetado: "Caen-París, 2005")

Francisco Laguna Correa

[HOTEL
DOUX
GARAGES]

Salgo de la estación de trenes de Caen. Me dirijo al Hotel Doux Garages. El letrero panorámico centellea con sus focos azules y rojos en la distancia. En la recepción, detrás de un aparador con un orificio mediolunar a la altura de mi pecho, un hombre redondo y de baja estatura me extiende la llave de la habitación número trece. Es un cuarto pequeño, tapizado con tela de color rojo sangre. Hay lavabo y bidé. La cama chirría al primer contacto. Antes de quedarme dormida, tengo que advertir que esta es una novelita rosa que intentará teñirse de oscuro.

Cuando despierto tengo los zapatos aún puestos. Un mosquito rebota obstinado contra la luz pastosa y amarillenta de la bombilla que cuelga del techo. Hay marcas de mosquitos aplastados por las paredes y nadie se ha tomado el tiempo para limpiar aquellas mierditas semejantes a diminutas estrellas de sangre. Asomo la cabeza por la ventana. Un automóvil transita lentamente a lo largo de la calle desierta. Regreso a la cama. El colchón cruje. Es mediodía cuando vuelvo a despertar

.

.

.

Los rayos del sol atraviesan las cortinas sin dejar nada propenso al camuflaje de las sombras. Debajo de la cama hay un montón de colillas de cigarro. Tomo una entre mis dedos y la observo a contraluz. Física de segundo año:

"es imposible mirar a través de los cuerpos sólidos"

Justo frente a mí, un haz de polvo flota ejerciendo minúsculos movimientos en espiral:

**[IMAGEN
DE UNA
ESPIRAL
DE POLVO]**

Pienso en Dumier y de inmediato acude a mi mente el cuerpo sin vida de mi Manuel. Tengo que encontrar al cabrón que lo mató, aunque la policía vaya tras de mí como borregos tras su maldito pastor. Cierro los ojos y me parece escuchar el desagradable tintineo de los cencerros:

"be,
bee,
beee"

.

.

.

Una mezcla de cláxones y voces llega hasta mis oídos.
Me pongo de pie y giro la única canilla del lavabo.
Un chorrito de agua desciende a regañadientes y serpea
en la porcelana barnizada con polvo de días.
Miro mi reflejo en el espejo.

[IMAGEN
DE
ORTODOXA]

Debajo de mis ojos
hay un par de bolsas como betabeles
que sugieren que ya no soy una chamaca de veinte años.
Tengo los pezones crispados y vello púbico más allá de
los límites que impone la ropa interior.
¿Cuándo fue la última vez que me alejé de Barcelona?
Hago memoria.
Fue hace siete años.
Una escapada con Manuel a Essaouira
mientras Dumier estaba filmando en Bulgaria.
Pasamos tres días caminando de un lado a otro
maravillados ante aquella ciudad marroquí de pescadores.
Recuerdo con claridad la tarde que caminamos hasta el
extremo más lejano de la playa, más allá de las dunas pobladas

de camellos que los turistas alquilan por unos cuantos dírhams.

Manuel se recostó sobre la arena y extendió una toalla con borlas amarillas en los bordes.

Llevábamos dátiles y la botella de vino que compramos en un restaurante encaramado debajo del Café Mogador.

"sólo en el Café Mogador pueden comprar vino" nos había indicado un chaval con cara de pícaro perverso.

Brindamos con dátiles y merlot Malesan.

"por las escapadas a Mogador"

"por los abrazos que nunca terminan"

Qué cursi es el amor

.

.

.

"¡salud!"

Recuerdo la escena como una postal arcaica y conmovedora.

La risa de Manuel permanece indeleble en medio de aquel paisaje desfigurado por el viento y la arena.

Manuel era detallista al grado de saborear cada parte de mi cuerpo como huesitos de pollo rostizado.

Con frecuencia evoco la tristeza que sentí cuando regresamos al hotel y nos dedicamos sólo a fornicar.

Al vulgar mete-saca y saca-mete.

Puro coger.

Mi nombre es Ortodoxa y han matado a mi Manuel.

Haré pagar al cabrón que lo mató.

Mi nombre es Ortodoxa y soy una mujer que no se tienta el corazón cuando se trata de meterle los dedos por el orto a los machitos y machotes que me miran de arriba abajo porque soy bajita: a nadie le cruza por la mente que puedo convertirme en la peor pesadilla hasta del gigante Goliat.

Me llamo Ortodoxa a secas
y esa es toda la verdad
"O-R-T-O-D-O-X-A"

.

.

.

Inspecciono con atención la imagen que me devuelve el espejo.

"mira esas bolsas como betabeles debajo de tus ojos
mujer
pareces una zombi tuberculosa"
Mi rostro está vacío
inexpresivo como las colillas de cigarro que encontré debajo de la cama.
Soy un rostro sólido que ninguna mirada puede atravesar.
Pienso en la muerte de Manuel
y en mi designio de encontrar a Dumier para hundirle en el fundillo mi puño huesudo como una geoda punzante.

Pagará.

Lo haré sufrir.

Cierro la puerta con doble llave

habitación número trece

y bajo las escaleras que giran con suavidad delineando

un caracol.

El hombrecillo de la recepción mira como emperrado la

pantalla de un diminuto televisor.

Son dibujos animados.

De los cuerpos irreales de los personajes brotan otomanas

gesticulaciones.

"no me hagas esperar, güebón lleno de sebo"

Toco la ventanilla mediolunar con los nudillos.

"hey

cabronzuelo"

Lo miro con odio

y le entrego la llave.

Luego le enseño el dedo cordial para darle a entender que

me quedaré una noche más en el hotel.

"¿entiendes, estúpido?"

Tiene cara de que le pega a su mujer.

Mi nombre es Ortodoxa

y soy una lectora extraordinaria de rostros

.

.

.

Hay un montón de gente y carros por todas partes.

Caen es una ciudad bella desde una visión eurocéntrica

y despide un olor que te grita a la cara

"¡estás en Francia

hija de puta

lámele los güebos a nuestra bella y apestosa ciudad!"

Entorno los ojos.

Es difícil vislumbrar una mesa disponible en los portales de los cafés.

Camino en sentido contrario a la circulación vial.

Compro *El País* en el primer estanco que encuentro en mi camino.

Hojeo el periódico.

Leo de prisa.

Busco cualquier indicio que sugiera que la policía anda tras de mí.

Nada.

Puro futbol y política.

Basura para el perraje.

Entro a una cafetería.

"dame un café con leche y un sángüich de queso para llevar"

Extraigo del bolsillo trasero de mis jeans una foto de Dumier.

"¿has visto a este calvo con cara de escroto?"

La empleada niega con la cabeza.

"si llegas a verlo, dile que lo encontraré"

Salgo con el periódico bajo el brazo y mi sangüichito en una mano y el café en la otra.

Me dirijo a la plaza de la Rue Saint Jean.

Sobre mi cabeza
amortiguado por el denso ramaje de los árboles
el gorjeo estridente de los estorninos semeja los acordes
de una sinfónica de aprendices.
Odio los pájaros.
Son seres insoportables e insulsos.
El sándwich sabe a pájaro.
La mostaza francesa siempre me deja un sabor a ingles
agrias en el paladar.
Me acomodo en una banca de la plaza.
Respiro
y cuento hasta diez

  uno
  dos
  tres
  cuatro
  cinco
  seis
  siete
  ocho
  nueve
  diez.

Junto a mí
como un invariable y desdeñoso compañero de pupitre
un anciano con gruesos anteojos lee Las vidas minúsculas
de Pierre Michon

"nadie sabe ya si fue informado de esa ascendencia
fantasmal surgida del imperturbable realismo social de los
humildes"

El viejo me da asco.

Puedo oler hasta aquí su culo oxidado sin lavar.

Dos pájaros obesos alzan el vuelo agitando sus alas con
nerviosismo hasta perderse en una lejanía hermética e infinita.

"adiós

hijos de la gran verga voladora

muéranse allá arriba cerca de Dios"

Cruzan por mi mente frases que fueron fundamentales
en mi primera infancia

El fin del mundo
Los días celestiales
Chinga a tu puto padre

Frases que en mi memoria se caligrafían en un cuaderno
a rayas que claudicó en el fondo de un baúl atestado de libros
y cuadernos deshojados.

Mientras repito en voz baja la nota que le dediqué en
tercer año a un niño de nombre Amador

"pienso en tu existencia, pienso en la raya mansa de tus
labios"

el anciano cierra *Las vidas minúsculas*

y dice a todo pulmón:

"he conocido tantos hombres así"

Se presenta como Pierre Dauphin

al mismo tiempo que guarda en un estuche metálico sus pesados anteojos de lectura.

Estruja mi mano con el guante carnoso y tumefacto que le sirve de mano.

Juraría que el anciano pasó sus años de juventud machacando rocas con un cincel o masturbando cadetes y capitanes hasta que los callos lo jubilaron.

En efecto

dice que trabajó para una compañía de demolición

durante treinta años

después

fiel a su vocación adquirida

se inscribió en un taller de tallado de piedra que patrocina un instituto para los trabajadores retirados.

Entre demoler y chaquetear no hay mucha diferencia.

El viejo es un pervertido.

Lo puedo leer en su rostro.

Me entero de los avatares de su vida en menos de quince minutos.

Desde la muerte de su primera esposa

coetánea al deceso de su única hija

atropellada en una avenida principal de Ruan

hasta los subsecuentes divorcios que desfilaron después de aquella primera tragedia

pues

como él mismo afirma

su suerte lo ha condenado

"al dolor inherente que la desgracia invita sin avisar"

No lo interrumpo en ningún momento.

Escucho su cantaleta senil con estoicismo.

Mi único orificio del que podrá disfrutar es mi oído izquierdo.

Escucho sin prestar atención.

El maldito anciano parla como una metralleta.

Al fin, termina su soliloquio chascando la lengua

y pontificando:

"así han sido las cosas

ilustre jovencita"

Le pregunto dónde compró su librito.

Mi café se ha enfriado durante la robusta perorata de Dauphin.

Deposito el vaso aún con líquido en un contenedor de basura

y me enfilo por la avenida 6 de Junio hacia la Tour le Roi donde

según las indicaciones de Dauphin

está la Librería Courtonne.

"¡justo frente a la plaza!"

grita hacia mí desde la banca

haciendo un movimiento pisciforme con su mano derecha.

**[DIBUJO
DE UNA MANO
PISCIFORME]**

Encuentro la librería sin apuros
a un lado del Hotel Courtonne

en la Quai de la Londe.

En los aparadores relucen ediciones dolorosamente
modernas de las obras de

Umberto Eco

Roberto Calasso

Paul Auster

y autores franceses de apellidos casi británicos.

"¿Patrick Modiano?"

¿por qué serán tan degenerados los escritores?

Sus nombres evocan a tíos doblándose por la cintura

mientras un machote los ultraja a mansalva por detrás.

Voy directo a la mesa de novedades

y encuentro con desilusión una conglomeración de *best sellers*

rodeada de ediciones lustrosas de autores jóvenes de los
que jamás he escuchado hablar.

Más de lo mismo

más tipos doblándose con los pantalones a la altura de
las rodillas.

Uno de los empleados

enfundado en una bata verde de bibliotecario

me pregunta si puede ayudarme.

Claro que puedes

tarado con cara de prepucio

mírame directo a los ojos cuando te hablo

ni imaginas lo que podría hacer con tu fundillo de machito
intelectualoide.

El idiota no habla español.

Con mi francés renqueante

le digo que busco ediciones baratas del Marqués de Sade
y Georges Bataille.

El tipo menea la cabeza de arriba abajo

y señala hacia un estante ubicado a mi derecha.

Busco y rebusco en el estante

hasta que encuentro lo que estoy buscando.

"quien busca encuentra"

Tomo al azar una de las postales exhibidas en el aparador
giratorio junto a la caja registradora.

El cajero tiene cara de escroto rasurado.

Pago el importe sin mirarlo a la cara.

¡Qué asco de cabrón!

Hay gente con cara de todo

de eso no tengo la menor duda.

Salgo de la librería

y bajo por la Quai de la Londe hasta llegar a un terreno
decorado con parterres multicolores.

Me siento en una de las bancas frente al río

cuyas aguas deambulan sin ninguna prisa

revueltas y adormiladas bajo la égida de su movilidad
estancada.

Hojeo los libros.

El ojo pineal

"los dos movimientos principales son el movimiento
rotativo y el movimiento sexual, cuya combinación se expresa
mediante una locomotora compuesta de ruedas y de pistones"

y Justine

"la intención de esta novela (no tan novela como parece)

es nueva sin duda

el ascendiente de la Virtud sobre el Vicio

la recompensa del bien

el castigo del mal

suele ser el desarrollo normal de todas las obras de este tipo

¿no es algo demasiado manido?"

Estos dos libros fueron manuales de subsistencia durante mis primeros años en España.

En mi pasado remoto

en la Ciudad de México

entre las brumas de la colonia Morelos

mi único maestro fue Salvador Novo

"ante ti me inclino, hermoso Rey Culeador"

Siento una afinidad nata por la suciedad aséptica

por los trabajos asquerosamente libres de mácula

por eso entre Dumier y yo las diferencias son casi imperceptibles.

Esto es patente en el caso de Manuel.

Dumier lo dejó frío; yo, por el contrario, derramé mi calor en la pulpa enhiesta de su verguita congelada.

Un trabajo limpio y equilibrado.

Y la policía continúa buscándome

lo presiento

pese al silencio con que lleva a cabo mi cacería.

Miro como una boba la postal que compré en la librería.

Se trata de una escena de ensueño de la costa normanda

acantilados marmóreos

el mar violáceo reventando al pie de un palacete de piedra

y en el horizonte un sol degollado.

Me confieso en el reverso de la postal

tinta roja

"mi nombre es Ortodoxa

y la vida me ha llevado al último límite del encabronamiento"

Deslizo la postal en el interior del libro de Sade.

En una de las bancas vecinas

dos jovenzuelos

machitos en flor

comparten sus almuerzos entre risas

y gesticulaciones de sátiros en cierne.

Seguramente han salido del colegio

y aprovechan el momento para fanfarronear

y regodearse en falsas alusiones a las cavidades donde han

humedecido las yemas de sus dedos.

Los seguiré.

Inyectaré un chorro de tétrico suspenso en sus vidas.

Uno es bastante feo

el otro

en especial por la manera en que cruza las piernas

me recuerda a Manuel.

No tengo ninguna duda

son un par de cueritos dulces que escupen en las palmas

de sus manos cada noche y se arrancan el pito a tremebundas

chaquetadas.

Los seguiré.

Todas las ciudades tienen sus rincones de solitaria

concupiscencia

un sauna

un automóvil abandonado

o debajo de un puente

entre chatarra urbana

y pordioseros alcoholizados.

Bastará con enseñarles la melena que ruge entre mis piernas.

Mi peluda seducirá al par de satirillos.

Los hombres

de todos los tamaños y colores

son unos babosos que se doblan bajo la promesa de una

vagina mustia

o de un prepucio tenso y adulador.

Y estos dos cabroncillos no son la excepción.

Sentadita en la banca de piedra

silbo hasta que voltean a verme.

Entonces separo las piernas en posición de dar a luz

**[DIBUJO
DE PIERNAS
SEPARADAS]**

Abren los ojos más grandes que un par de melones.

La furia es inevitable.

Puedo sentir un encanto turbio palpitando en mi pecho.

Soy una cursi

y me fascinará hacer un cucurucho con el libro de Bataille

para hundirlo hasta el fastidio en el recto tibio de los dos

chamacos esos.

Mi corazón palpita a cien.

Bendita presión.

Presión dulce.

Y dulcemente les quitaré las ínfulas de machitos rompehímenes a esos dos satirillos

.

.

.

Me alejo del río como una mujer a la que nadie presta atención.

Mi puño palpita como un corazón oprimido por la taquicardia.

El ojo pineal de Bataille quedó hecho trizas

sus forros y hojas de papel ahuesado revolotean a la ribera del río.

Remonto la Quai rumbo a la plaza y tomo asiento en una de las mesas exteriores del *L'Alcide*

un restaurante elegantón con una marquesina dorada.

Merezco regalarme una cena decente

por la memoria de mi Manuel.

Se acerca un mesero con bigotes engominados

un proto-hipster muy orgulloso del lustre de su ridículo vello facial.

Deja caer con descuido la carta de vinos

y describe con un tono de soberano mamón los tres platos del día.

Si supiera este pendejo lo que acabo de hacer

no me trataría con infame condescendencia.

Elijo el merlot Malesan y el filete de cordero con mousse de berenjenas.

¿Ensueño o infamia?

.

.

.

Aún tengo el sabor del cordero en la boca

cuando pido a la mujer de la tabaquería dos sellos postales.

Sus ojos grises parecen atravesar con resentimiento todo aquello que se posa frente a su mirada.

Su nombre es Ozlem

y tiene treintaicuatro años.

Basta con que haga un par de preguntas para que me cuente su historia de principio a fin.

"he pasado toda mi vida en Caen.

Después de divorciarme de Germán

abandoné un trabajo de secretaria para ayudarle a mi padre con la tabaquería.

Es viejo y aún llora la muerte de mi madre.

Aunque de eso hace ya casi diez años.

Tengo un hijo que se llama Catulle.

Tiene diecisiete años

y cursa el último año del bachillerato.

Le fascina la poesía.

Ha obtenido varios honores en sus clases de literatura francesa"

Esto último lo dice con empalagoso orgullo.

Sonrío con toda la cordialidad que puedo reunir.

Quiero eructar el cordero

y hace rato desfloré a un par de machitos con *El ojo pineal* de Bataille.

Le extiendo

sin dejar de sonreír

Justine.

"une souvenir pour ton fils"

Lo acepta con una leve inclinación:

lee el título en voz alta

y sonríe.

Desde el otro lado del mostrador

puedo aspirar el perfume de Ozlem

chocolate

almendras rancias

fluido vaginal

libertad contenida.

Salgo de la tabaquería olisqueando el aire que me rodea.

Cierro los ojos.

Palpo mis dedos gastados

coronados por afiladas uñas.

Evoco las caderas inexpertas de Armand y Catulle

y aún puedo escuchar los chillidos

de marranos recién nacidos

que nacían de sus gargantas
mientras apretaba sus miembros guangos
y olorosos a zapotes maduros.
Una bonita postal para el recuerdo
más seductora que la de la costa normanda que compré
en la librería Courtonne.
Si se preguntan
¿por qué es tan perversa y humillante mi venganza?
No podría darles una respuesta concisa.
En mi historia personal
todo ocurre sin motivo
y el azar puede ser incluso abrumador.
Por eso las huellas que dejo tras de mí
como un hilo viscoso de líquido amargo
son el único testimonio de que estoy cazando a Dumier.
Y ni la policía ni nadie me quitarán el placer de continuar
desvirgando el culo de todos los culpables que se estrellen en
mi camino.
Soy la punta de un iceberg vengador.
Soy la mera punta
punzante.
Mejor abróchense el cinturón con un nudo gordiano
porque
si los encuentro
no los perdonaré
y no podrán continuar con la lectura de esta memoria
sentaditos en la comodidad de sus sillones.
Pasaré la noche en el Hotel Deux Garages

y mañana temprano abordaré el primer tren a París.

Tengo que continuar en movimiento.

Mi deber es evadir las miradas que me avizoran desde la clandestinidad.

Me siguen.

Dumier está cerca

puedo olerlo.

Intenta acorralarme para que me enchalequen una culpa que no me pertenece.

No van a endilgarme el muertito a mí

hijos de su puto padre.

Por eso debo comenzar a olvidar a Manuel.

Tengo que dejarlo ir hacia el fondo de mi memoria.

Confiaré en el olvido

justo como ahora

cuando el mundo se sumerge en la oscuridad más concreta e irremediable.

Le echaré ovarios

y no me tocaré el corazón

ni siquiera en noches como esta

cuando lo que más quiero es sentarme al pie de la cama a llorar por lo que he perdido

y por lo que nunca podré abrazar.

Mi nombre es Ortodoxa

mido 1.55

y esta noche no lloraré.

Y punto y aparte

.

.

.

Detrás del mostrador
más allá del agujero en forma de medialuna
el gordo de la recepción continúa emperrado con la
diminuta pantalla de su televisor.
Descubro con regocijo que mira una película mexicana.
Las manos agrestes del doblaje le confieren una seriedad
irrisoria y brutal.
Es una película de Cantinflas
esa en la que baila sobre un tabique al compás del *Bolero*
de Ravel.
El gordo caraculo me mira de reojo con indiferencia
y arroja la llave sobre el mostrador.
Subo las escaleras corriendo
como una marabunta de hormigas infernales
sólo así el hombrecillo de la recepción escuchará pasos
en la azotea.
"sentirás terror
remedo humano"
Abro la puerta de mi habitación.
La cama no está hecha.
Bajo la luz cerosa del foco
el rojo de las paredes adquiere una solubilidad mortecina.
La cama chirría
y el peso de mi cuerpo se balancea por un lapso infinitesimal.

Floto sobre una ola muerta que me incorpora a la realidad implacable del océano de la habitación.

Apago la luz

y miro con insistencia a través de la ventana.

El visillo

un retazo de dril de color verde manzana

atempera las luces de la calle que intentan desfigurar la oscuridad de la habitación.

Escucho el motor de una motocicleta en el clímax de la aceleración

un runruneo achacoso que se aleja hacia el infinito.

Llega a mis oídos un torrente de voces.

Reconozco la voz atiplada del gordo de la recepción.

Salmodia con ira a un par de mujeres que se limitan a disculparse con frases breves e iterativas.

Mañana le daré una visita a ese cabrón antes de desocupar este cuartucho.

Me acaricio el cuerpo con lentitud.

Me masturbo

y escucho en la lejanía los pujidos angustiosos de unos tales Armand y Catulle.

"¿cómo se llaman

machotes?"

"yo me llamo Armand

y este es Catulle"

"¿quién de los dos la tiene más grande?"

"¿y el que la tenga más grande puede cogerte por el culo?"

Me pierdo en mansas ensoñaciones hasta que me quedo

dormida
arrullada por los letárgicos gemidos
de los dos pequeños soñadores:
¡auuu!
¡auuu!
¡auuu!

.

.

.

Despierto a medianoche.
Un sudor frío y pegajoso humedece mi frente.
Recuerdo
de manera automática
el sueño que apenas sacudió la precaria tranquilidad de
mi descanso.
Ozlem y el viejo Dauphin eran los protagonistas.
Tumbada bajo el techo tapizado de mosquitos aplastados
llego a la conclusión de que todo el sueño ocurría en una
plaza iluminada por un sol grisáceo y vaporoso.
Yo estaba de pie en medio de la plaza.
Observaba al viejo Dauphin alejarse con pasos
inesperadamente ágiles.
Una densa nube de estorninos flotaba sobre su cabeza
como un enjambre de moscas.
Y Ozlem
empequeñecida como un gnomo de cuento fantástico

estaba de pie a mi lado.

Un rayo de sol iluminaba la cabeza de la Ozlem-gnomo de mi sueño

que de un salto echaba a correr en la misma dirección que Dauphin.

En ese momento recordé lo que me había hecho despertar con tanta ansiedad:

cuando la Ozlem-gnomo le daba alcance al viejo Dauphin

lo subyugaba con una patada en la rodilla

y cuando estaba postrado e indefenso

le bajaba los pantalones

y comenzaba a ultrajarlo con el puño por su orto envejecido.

Fue en ese momento de mi sueño

cuando me di cuenta que llevaba en la mano *El ojo pineal* de Bataille

cuya portada me reproducía

en *mise en abyme*

desflorando a Armand y a Catulle

en la ribera del mugroso río de Caen

[REPRODUCCIÓN
DE UN
MISE EN ABYME]

.
.
.

Me pongo de pie
y giro el grifo.
Dejo correr el chorro de agua.
En el espejo se dibuja una sombra que intenta emular
mi rostro.
Una sirena de ambulancia arrulla el silencio de la noche.
El agua está tibia.
Me froto el rostro
y regreso a la cama
que chirría litúrgica
acostumbrada a su inmovilidad de megalito cuasi moderno.
Recostada con las manos entrelazadas detrás de la nuca
pienso en Manuel
en sus ojos de ensueño
y sus pectorales duros de atleta grecorromano.
¿Volveré a verlo?
¿En otra vida?
Me escondo debajo de las cobijas.
Esta noche ya no soñaré con nada ni con nadie.
Me enroscaré abrazada a mi cuerpo
convencida de que mi nombre es Ortodoxa
y que ni tú ni nadie deben olvidarlo.
A quien olvida se lo coge el Tiempo.
Y amén

.

.

.

Despierto antes del mediodía.

Me pongo de pie de un salto

y me dirijo corriendo a las regaderas.

Cuando regreso a la habitación

la mucama comienza a disponer de la recámara para el aseo diario.

Con la toalla sujeta a la altura del pecho

le pido un poco más de tiempo para vestirme.

Se encoge de hombros.

Murmura algo que no logro comprender

y se aleja enfurruñada por el pasillo.

Cuando abro la puerta

ya vestida

me encuentro con el rostro rígido y disgustado de la mucama.

"vete a hundirle el puño por detrás a tu marido"

susurro con cortesía

pero la cabrona cierra la puerta en mi mera jeta

    .

    .

    .

El gordo continúa detrás de la medialuna de cristal

aferrado a los destellos de su diminuto televisor.

Le muestro la llave con su enorme llavero dorado

y le guiño un ojo.

Le enseño la punta de la lengua.

El gordo asqueroso muerde el anzuelo.

Soy irresistible.

Me alejo un par de pasos

y cruzo los brazos como si un frío invernal recorriera todo mi cuerpo.

Me acaricio una nalga

y le pregunto al putarraco seboso

"¿qué harías con este forrito

botijón pito enano?"

Sonrío.

El gordo se pone de pie

y con la cabeza señala hacia una puerta

pintada del mismo color que la pared

ubicada justo detrás de él.

Mi corazón late a cien.

Imagino que la poesía es una flor que se abre como la puerta secreta del pinche gordinflón.

¿Cómo es capaz de creer que puede poseerme?

Cuando el gordo está amordazado

y su orto me mira directo a los ojos

hundo la llave dorada con el número trece en medio de sus melancólicos cachetes.

"gózala

costeño"

susurro con ternura

y le hundo más la llave hasta que algo cruje

y los ojos del gordo están tan rojos que parece que van a reventar como planetas Marte en miniatura.

Me encanta la poesía
qué más puedo decir
y extraño tanto a mi Manuel.
En días así, podría pasarme toda la tarde escribiendo

.
.
.

Salgo del hotel con una sonrisa mediolunar en el rostro.
El televisor continúa encendido
y el gordo duerme la mona en su cuartito secreto de la
recepción.
Está amordazado
y tiene el culo más floreado que la tumba de Charles
Baudelaire.

[ROSTRO
DE
BAUDELAIRE]

Me encamino hacia la estación de trenes
silbando una melodía que mi abuelo entonaba mientras
conducía su camioneta Chevrolet hacia la casa que tenía en las
afueras de la ciudad.
Tengo tantos recuerdos felices de esa casa y de mi abuelo.
La vida no es de un solo color.
Tampoco la oscuridad

.

.

.

En la estación
pido un café con leche
y una galleta de algarrobo.
Mi tren sale a la 1:45.
Destino París Saint-Lazare.
Aún faltan treinta minutos
así que aguardo en una de las bancas del andén número cinco.
Hojeo la sección cultural de un diario francés que dejaron
sobre una banca.
Para los que no saben quién es Dumier
mi recomendación es que lleven a cabo una somera
investigación.
Es fácil
sólo van al sabelotodo Google
y le preguntan por el ojete de Dumier.
"D-U-M-I-E-R"
luego le dan clic y listo

.

.

.

Está bien
no los haré trabajar tanto

ya sé que los lectores son unos huevones sin codicia.

"Dumier es un director de películas pornográficas

afincado en Barcelona

cerca de Besòs Mar"

Corrijo.

"Dumier es un bisexual con el que me casé sin saber a qué se dedicaba"

Y el puto mató a mi Manuel.

Ya lo encontraremos

no se preocupen

en novelitas como esta el malo siempre muere

y cuando eso ocurra les aseguro que no podrán irse a la cama con la misma seguridad que antes.

Mirarán a un lado y al otro.

Se arrodillarán para cerciorarse de que no estoy escondida debajo de la cama.

Revisarán una vez más el clóset

y sólo después de verificar que la puerta tiene doble llave

se meterán debajo de las cobijas

pero no podrán cerrar los ojos

porque escucharán pasos en la azotea

o la tibieza de mi aliento les golpeará el cuello por detrás

[REPRODUCCIÓN
MICROSCÓPICA
DEL ALIENTO HUMANO]

.

.

.

"chu-chu

chu-chu

chu-chu"

Abordo el tren número cuarentaitrés con destino a París Saint-Lazare.

Desfilo por los pasillos hasta encontrar mi compartimento que resulta estar ocupado por una joven pareja que permanece en monástico silencio hasta que desciende en Evreux.

La muchacha

una rubia de ojos negros incompatibles con su cabellera me mira de vez en cuando con el rabillo del ojo.

Hace muecas como si tuviera justo debajo de la nariz un quilo de mierda de bebé.

El chico no deja de mirarme las piernas durante todo el trayecto.

Miro a través de la ventanilla el paisaje

la lozanía de los campos y el verde interminable.

Me pierdo en el fondo de mis obsesiones.

Me digo

mientras observo el paisaje ondulante francés

que la fuente de la juventud reside en clavarle el puño en el orto a léperos y catrines sin distinción.

A machitos y machotes

para que me entiendan.

Y aunque ya no soy una veinteañera
y debajo de mis ojos hay dos bolsas como betabeles
manduco frutas y verduras
y bebo de la fuente de la juventud eterna.
También hago ejercicio
y duermo mis siete horas cada noche.
Llegamos a Evreux.
La parejita sale del compartimento en silencio.

                      "chu-chu

            chu-chu

    chu-chu"

.

.

.

Durante el resto del trayecto
fantaseo sobre un encuentro casual con Ozlem en la Gare
de Saint-Lazare.
Calibro las diferentes conversaciones que podríamos
sostener.
Favorezco aquellas que
con un sutil oscurecimiento de mi sintaxis
desembocan en largos silencios sólo interrumpidos por
tiernas caricias.
Me fascina el nombre
"O-Z-L-E-M"
rico como la reatita venosa de mi difunto Manuel.

Dejo que mis fantasías me abracen por la cintura
mi entrepierna jadea

y un cosquilleo recorre mis muslos.

El caso es que llegado al punto de conjunción y romántica complicidad

ese donde la fantasía se agolpa en la boca del estómago

no puedo crear el escenario idóneo que me permita llevar la situación a un estado de mayor intensidad

de suaves susurros musitados cerca del oído

de nubes desgarradas por las miradas furibundas de las enloquecidas amantes.

Este final es imposible incluso para mi capacidad de terrorífica fantasía

y la idea de tener a Ozlem abierta de piernas me produce una leve nostalgia por la gallardía perdida tras mi relación con Manuel.

Sé que nunca

ni siquiera en una pueril ensoñación

urdida mientras me encamino hacia París

me atreveré a agarrar a Ozlem con mis dos manitas para acercar sus labios a los míos. Nunca podré apretar su cuerpo orondo contra los inexplicables deseos que se agolpaban en mi puño

como un carguero embotado de exóticas mercancías

avasalladoras por sus geometrías descabelladas

inconcebibles en un mundo regido por el dictamen del sentido común

y el gusto mediocre de las clases medias para arriba.

Mi nombre es Ortodoxa

y mi misión es reventarle el culo a la burguesía.

Soy una subversiva en estado de eclosión.

Soy una luna nueva que brota en la oscuridad celeste

y se hunde en el orto hemorroidal de los niños-bien

y de sus papis que cuando se bañan se súperenjabonan el dedo cordial para que les resbale sin óbice alguno.

[FOTOGRAFÍA DE UN JABÓN ZOTE]

Agárrate

Dumier

tendrás que comprar un barril de Preparación H para recuperarte de la puñetiza que te voy a meter.

Y te recuperarás sólo para volver a hundirte en mis furibundos nudillos.

Ya lo verán.

Y como dice la canción,

"ten miedo de mí"

.
.
.

"chu-chu

 chuch-chuch

  chuch…"

El tren se detiene.

Una voz electrónica anuncia que llegamos a la Gare de
Saint-Lazare.

Camino desorientada

como si pusiera los pies por primera vez en la tierra.

Un amasijo de gente y ruido golpea mi cuerpo con
violencia.

Respiro con ansias.

Camino

y a los pocos pasos me detengo.

Miro a mi alrededor con un odio enclenque y triste.

¿Será que estoy comenzando a extrañar otra vez a mi
Manuel?

Na'

soy fuerte

más fuerte que tú

lectorcillo de mierda.

No soy una putilla que llora al primer golpe canoro de
la vida.

Me reconstruyo.

Recupero mi órbita en medio de la fría intemperie de la calle.

La estación de trenes está justo detrás de mí

sumida en el sueño de su pesada estructura metálica

pero de Ozlem no he recibido ninguna señal.

Ay, ma chérie

qué magnífico trío hubiéramos orquestado.

Mi Manuel la tenía chica pero jugosa

y estoy segura que nos hubiera llenado a las dos.

Y si no
pues qué chingados
para eso tenemos manos
y dedos
y una lengua prodigiosa con más de cinco mil papilas
gustativas

**[ILUSTRACIÓN
DE UNA PAPILA
GUSTATIVA]**

.

.

.

Bajo por el bulevar Malesherbes.
El cielo es un retazo interminable de tonos grises
dividido verticalmente por la línea rosácea del crepúsculo.
Me siento en cada una de las bancas que encuentro a lo
largo del bulevar.
Miro hacia ambos lados
busco machos y machitos
todos culpables en estado de eclosión.
Sigo a un par de tipos hasta que interrumpen su camino
en uno de los edificios de Malesherbes.
El segundo es un mamón con toda la pinta de soplador
de vidrio barato.
Lleva gafas amarillas y un sombrero verde rematado con

una pluma de pavorreal.

Debe tratarse de un actor de telenovelas

un intérprete inexpugnable de risibles alcahuetes

porfiados en la débil seguridad de una razón infundada

cuyo elemento es la distorsión

la mentira

el nefasto orgullo

y la vil putería.

En las calles de París se puede ver un espectro muy amplio
de machotes y machitos

desde los universales ñeros

güebones

pitirijas

y vagos de distintas calañas

hasta las esferas medias-altas donde el mamonismo

la falsa inteligencia

y el uso de condones perfumados es regla general.

Con suerte

incluso es posible ver uno que otro aristócrata arrugando
la nariz desde el interior de su Peugeot descapotable.

Ahora que lo pienso

estas memorias no son para niños.

Les advierto que cuando encuentre a Dumier

todos ustedes tendrán que irse derechito a dormir

porque no querrán tener en la mente la escena que estoy
dispuesta a construir con el fundillo rasurado de ese cabronete

[ILUSTRACIÓN
DE UN RASTRILLO
DE CUATRO HOJAS]

.

.

.

De pronto estoy de pie afuera de la estación del metro
Pyramides.

Desciendo las escaleras

y de un salto me interno en las grutas del metro parisino.

Deslizo una moneda de dos en una máquina despachadora
de refrescos.

Una Coca-light cae en la bandeja.

Es hora pico.

El andén rebosa de gente

y no sé hacia dónde ir.

Si las circunstancias fueran distintas iría a visitar a Albert

un buen amigo que conocí hace muchísimos años en el
metro Copilco

cuando éramos estudiantes de arquitectura en la UNAM.

Albert dejó la carrera para irse a vivir a París con su novio

y comenzar a respirar afuera del clóset sin censuras
familiares.

Yo dejé la carrera porque tuve el accidente de conocer a
Dumier

y al poco tiempo me mudé con él a Barcelona

sin saber que me quería sólo como intérprete incondicional
de su serie de películas
"Anal Boost"

.

.

.

Las compuertas del vagón ceden.

Más gente empuja hacia el interior que hacia el exterior.

Dejo llevar mi cuerpo por el impulso de la pequeña
muchedumbre
cual copo alimenticio resbalando hacia la victoriosa vía
de la digestión.

Saldré:
el vagón me expulsará como a un jirón de flores marchitas

.

.

.

Me deslizo a través de los
túneles parisinos. Mi cuerpo gravita indeciso entre la variedad
unificada de cuerpos comprimidos en la soledad del vagón.
Salgo del compartimento entre empujones y frases de prudente
hostilidad

"excuse-moi"

sigo al torrente humano

los abrigos

las medias

los zapatos que imprimen su huella inolvidable en los azulejos de la estación.

Descubro con indiferencia que estoy en Place D'Italie.

Mis pasos se aventuran hacia la conexión con la línea anaranjada.

Estoy perdida

esa es la mera verdad

.

.

.

Al fin salgo a la calle.

Estación del metro Bastille.

En el suelo hay una mezcolanza de volantes del teatro Lucerne.

Uno de ellos anuncia una obra titulada *Dumier sin un tema*.

No se preocupen

Dumier tendrá más de un tema cuando lo encuentre.

Condenado pelón de mierda

le volverá a salir cabello del susto que le voy a meter.

¿Han visto a un gato erizarse

y arquear la columna vertebral?

Eso le ocurrirá a Dumier

y a ustedes también si no dejan de mirarme de arriba abajo con su gesto de mamones que todo lo saben.

Camino una vez más sin rumbo fijo.

Mi cuerpo se tambalea por bulevares y calles que me parecen todas iguales.

Miro como obsesa a mi alrededor.

En la distancia distingo una fila de jóvenes agarrotados

que esperan de pie para cruzar la puerta de un antro.

Esta noche no.

Me siento fuera de mí

alejada del centro de mi voluntad.

Esta noche no apunto hacia los machitos lenguaraces de prematura eyaculación.

No.

Esta noche me siento arriesgada.

Estoy en París

y mi Manuel no me acompaña.

Qué felices seríamos si pudiéramos caminar de la mano por la Rue de Rivoli

probando chocolates

patés

vinos

y quesos apestosos como las verijas de una monja sin bañar.

No.

Esta noche apunto hacia un machote

tengo ganas de un culo mayor con varias guirnaldas colgadas en los güebos.

Miro hacia los lados.

Abro mis ojos tan grandes como un orto después de escupir la desgarradora gentileza de mi puño.

¿De dónde me vino la idea de ajusticiarlos así?

Casualidad.

Imaginación.

Coraje.

Soledad.

Indignación.

Marxismo.

De la contraportada de una película de Dumier

titulada con grandes letras amarillas

"ANAL ECSTASY"

Atrás de la caja de la película

había retazos de escenas

todas con rubias flacas de a cañón

ateridas ante la promesa de que un barrigón asqueroso hundiera su puño

enfundado en látex de color negro

en la oscuridad mansa de sus orificios.

Maldito bautismo.

Pero ahora es mi turno.

Llevo el hisopo papal en mi puño huesudo como una rodilla de venado.

Me detengo en la marquesina de una parada de autobuses.

Miro la circulación tediosa de la avenida.

Pienso en mi vano intento de recolectar en Francia pistas que me lleven hasta Dumier. Experimento una nostalgia furtiva y helada por Manuel.

Recuerdo que el día después de conocernos

su padre apareció en su apartamento con una actitud agria e insoportable.

Le dijo a Manuel que era un pendejo por haberse liado con una inmigrante que sólo quería que le hicieran los papeles.

Manuel me defendió.

El viejo salió echando mierda por la boca

y jamás lo volví a ver.

El papi de Manuel estaba muy equivocado.

No soy una inmigrante que se deja caer en la cama de cualquier macho

machito

o machote

por unos pinches papeluchos.

No digo que esté libre de mácula moral

pero mi vida es así de monótona y predecible

al menos hasta ahora.

Cuando encuentre a Dumier

y le cobre lo que me debe

quizá me convierta en una mujer distinta.

Me dejaré crecer el cabello

y comeré más yogures de soya.

Leeré el *Capital* de Marx otra vez.

No volveré a enamorarme.

Y tal vez

pero sólo tal vez

dejaré descansar mi puño

haré yoga
pasaré las horas pintando acuarelas y paisajes al óleo
y practicaré la espiritualidad

.

.

.

Me recuesto en la banca de la parada de autobuses.
Estoy cansada de esconderme
y buscar a Dumier.
Mis párpados ceden
y me pierdo en remolinos oníricos.
Estoy soñando
así que por favor no me chinguen en este momento.
"la poeta trabaja"

.

.

.

Cuando despierto
dos tipos discuten en la acera de enfrente.
La embriaguez exacerba la discusión que sostienen por
una tal Bruna.
Logro comprender que ambos la desean
y que también los dos la vieron primero.
El más alto comienza a llorar

e intenta reprimir sus lágrimas con la furia que el desamor le produce.

Se limpia los ojos con la manga de la camisa

y le tira un puñetazo a su contrincante

a quien le basta con hacerse a un lado para ver a su lacrimoso adversario romperse la boca contra el borde de la banqueta.

El vencedor se aleja sin mirar atrás.

Lo sigo.

Me pego a él como una sombra

como un moco en el interior peludo de una nariz.

Gano terreno hasta que estoy a unos cuantos pasos detrás de él.

Gira.

Me detengo.

Sonrío.

Mis pezones se crispan como los ojos de un calamar.

Me mira las piernas de abajo arriba.

Es presa fácil.

Desde aquí puedo ver que algo palpita debajo de la mezclilla de su pantalón.

"puto francesito de mierda

te has de sentir el Alain Delon de la universidad"

Nos encaminamos a un hotel.

Le digo que vayamos a uno de marroquís para poder fumar hash.

Sonríe.

Se siente el gran chingón de los chingones.

Le paga al marroquí de la recepción el cuarto y el porrito.

Subimos.

Él va adelante

yo

justo detrás.

Calibro la complexión previsible de su orificio.

El maldito marroquí nos mandó hasta el quinto piso

porque vaticina que el cabrón este

un francés de cabello castaño claro y ojos verdes

viene decidido a desfondarme el culo

y hacer un ruidero de los mil güebos.

El marroquí tiene buena intuición.

Alguien será desfondado esta noche.

Correrá sangre como el vino del poema de Rimbaud

pero no será la mía.

[BARCO
EBRIO
DE RIMBAUD]

"¡mmm

mmm

mmm...!"

Salgo del hotel fumándome el porrito de hash.

El marroquí de la recepción sonríe como si quisiera decirme que iré directo al infierno.

Le devuelvo la sonrisa

pero mi odio es más realista y concreto.

Mercader de mierda.

"¿quién te manda a rebajar los porritos con tanto tabaco,
culero…?"

.

.

.

Debe ser pasada la medianoche.

Una lluvia fina cae desde las alturas inconcebibles de París:

. . . .
. . . .
. . . .
. . . .
. . . .

La famosa ciudad de las luces de mierda
donde los ortos son vasos de tristeza
y los puños cerrados furibundos barcos ebrios a la deriva.
Imagino a la pequeña Bruna en multitud de situaciones
dormida sobre una colcha con encajes azules
con una revista chic en el regazo
o
inmersa en la lectura de un grueso volumen de Flaubert.
En cualquiera de los casos
inmersa en las suaves ondulaciones de su cuerpo
envuelta en una palidez que induce a los jóvenes de la

facultad a la total y melosa pleitesía

al desafuero sexual

y a un onanismo brutal y meloso.

¡Ah

Bruna

cuántas jóvenes y lánguidas almas llevarás a la ruina antes de terminar en los brazos enfermos de un nefasto *sansculotte*!

Pienso en el francesito amordazado de ojos verdes.

Hacía mucho tiempo que no veía llorar a un machito con tanta dulzura.

Hasta le lamí las lágrimas de los ojos.

Ay

mi amor

no hubieras salido a la calle esta noche.

Después de esto aprenderás a tejer punto de cruz

y a mirar la luna desde tu ventana.

Me detengo en una esquina

y justo en ese instante un autobús se detiene frente a mí.

El conductor mira los espejos laterales mientras un par de mujeres bajan con extremo cuidado.

Abordo el autobús como la postrer recluta de una guerra florida

cuyo escenario es la superficie baldía de uno de los extremos más inhóspitos de la Tierra.

Soy la única pasajera del autobús.

Llegaré hasta la terminal

y

desde ahí

comenzaré a deambular en la intemperie parisina.

¿Que qué chingados hago?

Intento perder la pista de mis perseguidores

y al mismo tiempo me dedico a cazar a Dumier.

Soy el sinsentido vengador.

Soy la risa enloquecida de una chaparrita con piernas
bien torneadas

y un par de ojos que dicen

"no soy capaz de romper ni un plato"

El maldito pelón de Dumier suele venir a París a reclutar
inmigrantes

rumanas y búlgaras

para sus movies desgarradoras de bajo presupuesto.

Así que abro los ojos

y miro a los lados con ansias de vislumbrar la silueta del
mierda de Dumier.

El autobús transita por calles umbrosas y grises

baldías

tanto

que no hay ni un solo perro buscando su hueso para
lamer en las esquinas

.

.

.

He de haber mirado la punta de mis zapatos durante
mucho tiempo

porque cuando levanto la vista
el conductor ya apagó el motor del autobús.
Estira los brazos
y
mirándome por el retrovisor
dice que estamos en la terminal.
Cuando piso la acera
las puertas del autobús se cierran
y el conductor desaparece sin dejar rastro.
Emprendo una nueva caminata
sin demorar en vacilaciones acerca de mis posibles
trayectorias.
Estoy perdida
pero miedo es lo que menos siento en la pulpa jugosa de
mi corazón

.

.

.

Lo único que recuerdo es que amanecí dormida
en una banca cerca de la estación del metro Galiani
cobijada por un mazo de hayas.
Tal vez tuve un sueño en aquella banca.
Tal vez el paradero de Dumier me fue revelado bajo el
silencio de las hayas.
Quizás
también

en sueños

platiqué con mi Manuel de los tiempos mejores que nunca podremos ya disfrutar.

Algo regresa.

Una memoria sepultada

un brillo sesgado abriendo gritas en la superficie de la realidad

donde me veo escribiendo en hojas de color verde esta historia inverosímil

y poblada de fantasmas que intentan hacerme renunciar a mi destino.

¿Tengo un destino?

Mi nombre es Ortodoxa

y mi destino es desmitificar las brumas que cobijan la abominable seguridad de los machitos y machotes que se pedorrean frente a nosotras sin sentir un poquito de vergüenza.

Pedirán perdón

y llorarán, cabrones.

Se los prometo.

Y punto

y aparte.

Ortodoxa

Francisco Laguna Correa

CASETE NÚMERO DOS

(Etiquetado: "Barcelona---2006")

Francisco Laguna Correa

Regresé al apartamento de Consell de Cent una mañana
del mes de agosto.

En la tarja de la cocina había un vaso con sedimentos de
leche

en la mesa

un cuchillo

y migajas de pan.

Todo parecía abandonado.

Un humor murrio tocaba con levedad cada rincón del
apartamento.

.

.

.

Abro el frigorífico

y extraigo una lata de cerveza.

Sorbo la espuma que chorrea por mi mano.

Dejo la lata en la mesa

y voy al dormitorio.

La cama está hecha

la dejaron vestida con la colcha con tramas azules que
tanto le gusta a Dumier.

Abro el armario.

Mi ropa está doblada con esmero y pulcritud

y de los ganchos cuelgan todos mis vestidos azules y
blancos

los únicos colores que me parecen aceptables para un

vestido de verano.

No hay rastro de Dumier

ni un par de zapatos o una trusa desgastada.

Nada.

El cabrón se ha ido sin dejar nada tras de sí.

Lo encontraré.

Todos lo sabemos.

En historias como esta

eso siempre termina sucediendo.

Me recuesto en el sillón.

Refocilo mis pies en uno de los mullidos brazos.

De uno de los apartamentos vecinos llega el eco de una discusión

modulaciones ininteligibles de voz

cuyas variaciones tonales crean una polifonía inaudita

.

.

.

Solía discutir con Dumier todos los días

hasta que conocí a mi Manuel

y mi talante cambió.

Ya no pude continuar siendo la misma veinteañera que Dumier había conocido en el D.F.

No

Manuel me había cambiado

y eso era lo que más emputaba a Dumi

como lo llaman los esclavos y esclavas sexuales que
trabajan para él.

Le entraba parejo

sin discriminar

en sus porno films

porque sus depravaciones anales las llevaba también al
ámbito gay

y solía producir peliculones en los que él mismo participaba.

¡Cuántas veces lo vi morder la almohada

o embestir a musculosos machotes despavoridos!

Había que ver a mi flamante Dumier dejando la
dentadura marcada en almohadones de satín y lino.

Le fascinaba que yo estuviera presente en el set en aquellas
situaciones.

"contigo aprendí"

digo en voz alta con un tono socarrón.

Cierro los ojos

y me quedo dormida.

Mi nombre es Ortodoxa

y ahora me dedico sólo a descansar.

Intento aferrarme al olvido.

Y comienzo a pensar

como un goteo obsesivo

en mi futuro.

.

.

.

Despierto muy nerviosa en la madrugada.

Un ligero dolor palpita en el lado derecho de mi cabeza. Aún tengo los zapatos puestos. Por la ventana se filtran sucesiones de sombras que se diluyen sin dejar ninguna señal que atestigüe que han pasado por ahí. Un despertador suena en uno de los apartamentos contiguos. Voy a la cocina. La mesa está limpia. No encuentro la lata de cerveza por ningún lado. Giro la canilla y dejo correr el agua. Observo el chorro casi transparente. Me humedezco el rostro y voy a apoltronarme en el sillón de la sala. Espero ansiosa que Victoria se acurruque entre mis piernas. Nada sucede. Enciendo la lamparilla de cerámica de la pared. En el suelo hay un cenicero con tres colillas y el corazón reseco de una manzana. Miro con atención todo lo que me rodea. Claro, no me había percatado de la ausencia del televisor. También faltan muchos libros en el estante, aunque sólo puedo identificar la ausencia de la edición forrada con tela de color gris perla de las obras completas de Emily Dickinson. Hay un tomo de las conferencias de Freud que nunca antes había visto; por lo demás, todo parece estar en su lugar, al menos como yo lo recuerdo: las cortinas de encaje, el tapete de color verde botella de la salita, las porcelanas azules sobre la mesilla del té… Me causa extrañeza no ver fotografías por ninguna parte; en el librero refulge un portarretratos vacío. Se escuchan las campanas de un reloj, estoicas vibraciones que sacuden la tranquilidad de la noche. Cuento cuatro campanadas. Después intento reconciliar el sueño. / De pronto bajo por Passeig de Gràcia. Tomo asiento frente a la Casa Batlló. Cuando Dumier y yo recién nos mudamos a Barcelona, pasábamos horas sentados frente a la casa a punto de derretirse que diseñó Gaudí. Yo me dedicaba a mirar la fachada del edificio y a su multitud inherente de turistas, mientras escuchaba a Dumier perorar acerca de su fantasía de algún día filmar una película seis equis en uno de los salones de la casa más famosa de la Manzana de la discordia. Ahora considero todo aquello como una impostura de juventud, un afiche obsoleto que cuelga cínico y cándido en el muro de mis recuerdos. Barcelona es ahora para mí como el cementerio marino del poema de Valéry. Las calles están plagadas de zombis con cámaras fotográficas y mi Manuel está más tieso que un trozo de fuet dulce. Todo se reduce a recuerdos, a juventud perdida, a mi puño cansado pero deseoso de hundirse en desconocidas cavidades de cristal. Vivimos en una realidad que se cae a pedazos. Y si no me creen yo se los voy a demostrar. / Ahora camino con los ojos apuntando hacia todos lados. Escucho el choque de platos y copas. Esto es la vida. Esto es caminar en Barcelona de noche. Nunca he renegado de la ciudad, aunque tampoco la he aceptado del todo. No logro comprender el ritmo de sus habitantes y el instinto artificial que los hace mantener su equilibrio secular y al mismo tiempo monástico. Barcelona es una ciudad amurallada en la grandilocuencia de su arquitectura, que poco a poco comienza a envejecer. Muestra fehaciente de esto es la Sagrada Familia, cuya acumulación de modernidades convierte la idea fija de la Modernidad en un inconexo sistema geométrico, cuya base, la abstracción, es un elemento inexplicable y contradictorio en sí mismo. Fuera de estas vacilaciones teóricas, Barcelona es una ciudad básicamente impresionante, donde no faltan machitos y machotes de caderas fuertes y gemidos angelicales. / Siempre, sin excepción, cada vez que Dumier terminaba de grabar una película, íbamos de picnic a la Barceloneta, con tapas o arroz o pasta, pero siempre con vino, líquido imperativo en aquellas veladas jaculatorias. No tengo nada que decir al respecto de la ruptura de nuestra relación. Ocurrió lo típico: indiferencia creciente, conversaciones agotadas, el reconocimiento cada vez mayor de que estaba casada con un pelón avieso sin un sentido humano de la justicia y el temor. Nunca tuvimos hijos -espero que a estas alturas de mis memorias entiendan por qué- y no creo que la adición de un miembro a nuestra familia hubiera salvado los débiles lazos que nos unían. Sucede con muchas parejas: compran un perro o conciben un hijo y de manera casi automática los avatares de la vida puramente conyugal se desvanecen. Los gatos no cuentan como adiciones familiares, porque son seres que dan y reciben muy poco. Más que remediar la soledad, los felinos la subrayan, la exacerban. Si Victoria estuviera en este momento conmigo, la compañía de mis recuerdos no dolería tanto, y me sentiría más sola y concentrada en mi verdadera misión. Mi nombre es Ortodoxa y no tengo motivación suficiente para continuar con lo que una vez les prometí. Parece que siempre habrá demasiadas cosas que no podré comprender. Y algo en mi puño late con debilidad, un latido apagado y nervioso igual al que debe emanar del corazón de un pollo. Todas las tragedias comienzan así: con un latido y un gemido… / He caminado hasta la Plaza de Catalunya. Siempre hay mucha gente por este rumbo. Experimento una vez más la ansiedad que me oprimía cuando aún era una caminante inexperta en esta ciudad. Me gusta evadir los grupos grandes; en cambio, me fascina sentarme a medianoche en la marquesina de una parada de autobuses de una avenida principal. Entonces me dedico a observar la escasa circulación, la vacuidad dominante en una arteria que por costumbre y necesidad está casi siempre atestada de automóviles. Me dejo llevar por la inercia de mis pasos… Sin darme cuenta he ido a parar al Palau de la Música Catalana. Me siento en uno de los escalones del edificio anexo al Palau. Hace muchos años estuve en el interior. Lo único que recuerdo es la cúpula invertida, su vidrio policromo por donde los meados del sol se filtran sobre las butacas forradas con paño de color vino. El resto de sus abundantes detalles se ha borrado de mi memoria. Intento no recordar. De cualquier manera soy una mujer predestinada… / Regreso a casa después de un largo rodeo. Primero del Palau de la Música Catalana a la Plaza de Tetuán, y de ahí por la Gran Vía de les Corts Catalanes hasta el Carrer de Balmes. Las luces del Tibidabo ya estaban apagadas. Cuando abro la puerta del apartamento, la lamparilla de cerámica del sofá está encendida. Una nube de humo flota en medio de la sala. Dumier, apoyado en el brazo del sillón, me mira con serenidad, con la cabeza ligeramente inclinada hacia la derecha. Le doy la espalda y cierro la puerta con lentitud.

—¿Dónde has estado…?
—Buscándote…
—Pues aquí estoy, házmelo como más te guste.

…no puedo decir nada y pienso hasta el fastidio que *mi nombre es Ortodoxa y que he llegado al límite del encabronamiento… al límite… Dumier, mamonazo, te voy a clavar la rodilla en el centro de tu culo de porcelana, te haré añicos…* Pero permanezco en silencio. Impertérrita. Inmóvil. Dumier se levanta del sillón con brusquedad. Me mira de hito en hito. Se aproxima hacia mí. Se agacha hasta que su rostro está a la altura del mío. Me da un empellón en el pecho. Su aliento oloroso a mierda añeja me golpea el rostro con violencia. Dice que tengo que desocupar el apartamento, que "por putilla" me voy a quedar en la calle. Alza la voz. No puede contener su furia. Grita que Manuel era un actorcillo de baja estofa que ni siquiera sabía comerse una polla como Dios manda. Lo miro con odio. Impotente. Mi nombre es Ortodoxa y he hundido mi puño en el orto de tantos machitos y machotes, pero con Dumier no puedo. No en este momento. Lo haré después, cuando recobre la motivación y mi ira e impotencia se fundan en un solo propósito ultrajante. Escucho sus pasos alejarse por las escaleras. No tengo fuerzas para salir detrás de él y recrear uno de los dramas que tantas veces ocuparon nuestro pasado. Estoy cansada de correr, de suplicar, de explicar mis acciones y asimilar responsabilidades que no me corresponden. Mi nombre es Ortodoxa y les pido paciencia. Este no es mi mejor día. La próxima vez que encuentre a Dumier, sabrán de lo que soy capaz… / Me tumbo en el sillón y al poco tiempo me quedo dormida. Sueño, por enésima ocasión, con mi Manuel. En mi realidad onírica miramos recostados una película de Godard. Manuel comenta que esa película la habíamos visto ya en México, pero que no importa, que junto a mí todo es novedad, lujuria, encanto, belleza… Entonces me dedico sólo a soñar y desvanecerme en lo que nunca será. Mi nombre es Ortodoxa y hoy no puedo ir más allá del idealismo platónico. He sido dialéctica hegeliana, aristotélica, marxista puñirroja. Pero hoy me regodeo en el platonismo más rosa e intangible. / Despierto. Mi región lumbar está dolorida. Me desnudo. Permanezco recostada en el sillón sin moverme durante horas. Miro el pelambre de mi sexo, mustio, lánguido, protector de mi cavidad radiactiva. Nunca me ha gustado rasurarme. Me parece una aberración. ¿Por qué a los machitos y machotes les gustan los montes de Venus afeitados? ¿Acaso porque así pueden saciar sus instintos pederastas reprimidos? Yo me dejo la melena. La disfruto. La lavo con champú Herbal Essences siempre que puedo. Desde que me cogí el cuerpo frío de mi Manuel, nadie ha estado dentro de mí. Por el momento vivo en un convento imaginario. Hubo un tiempo en el que cogía todos los días y hacía el amor dos o tres veces a la semana. Hoy no tengo deseos ni siquiera de rezar. Ni de recordar. Ni de continuar con esta historia que progresivamente pierde intensidad… / No sé cuándo se vino todo abajo, porque me inclino a pensar que esta faramalla de hundirle el puño en el ojo ciego a machitos y machotes, no ha sido más que mi forma de expulsar todas las lágrimas acumuladas con los años, una catarsis que no sabía cómo liberar y que lo único que ha logrado es invertir su intención natural. Sé que cada vez me hundo un poco más, pero nada puedo hacer para modificar mi disposición ni mi hundimiento. Tengo que aceptar que estoy triste y que por el momento esta manera de sentir es la única que mantiene en vilo mi porvenir. Dumier se ha ido y me rehúso a hacer volver al fantasma de Manuel. Mis ansias de venganza son el acto desesperado de alguien que rechaza la posibilidad de hundirse en su propio horizonte de expectativas quebrado. Tengo que hacer mi maleta. Moverme. Salir de este círculo vicioso en el que mi voluntad se extingue con macabra lentitud. Mi nombre es Ortodoxa y estoy en el límite… / Es muy temprano. El teléfono chirría. No respondo. Escucho la grabación en la contestadora. Una tal Lucila me informa que está a cargo de buscar inquilinos para el apartamento. Dice que tengo dos días para desalojarlo. Destapo la última cerveza que hay en el refrigerador. Mastico un pedazo de queso maduro, lo último que queda para comer… Sin pan el queso también me fascina, pero este queso añejo sabe a ingles de viejo sin bañar. / Paso toda la mañana desnuda en el sillón, enfrascada en la lectura de una enciclopedia animal. Aprendo que uno de los principales motivos de mortandad de los manatíes es el motociclismo acuático. Y que en los estados del sureste de México la carne de tapir es uno de los ingredientes esenciales de la gastronomía regional. Y que en Camerún es posible comprar por ocho dólares un chimpancé entero sin piel. Paso la mañana nutriendo mi intelecto. Intento tocarme, pero desisto. Estoy seca y fría como el desierto de Gobi. En una de las páginas centrales de la enciclopedia, hallo una hoja doblada de papel en la que había bosquejado el plan de la cacería de Dumier… Para qué miento y me hago pendeja. Sé con exactitud dónde puedo encontrar al pelón depravado de Dumier. Si tuviera el coraje suficiente, podría ir a buscarlo a Besòs Mar para enterrarle una botella quebrada en el centro de su fundillo. En el papel hay una rudimentaria lluvia de ideas, un itinerario sin sentido que comienza y termina aquí en la misma Barcelona. Hago una bola con el papel. Me pongo de pie. Halo el cordón que activa las poleas del cortinaje y miro hacia fuera. Oprimo la bola de papel en mi mano izquierda mientras elijo un blanco. Me decido por una quinceañera que bambolea las caderas con premura y se protege de los rayos del sol con una sombrillita transparente. La esfera de papel es rechazada con frialdad por la sombrilla. Mi plan cae inerte en medio de la calle. La mozalbeta no se da por enterada, modula sus caderas, como en esas canciones de moda que abusan de la iteración, y luego desaparece en la esquina de Aribau. / Voy directo a la habitación. La cama aún está hecha, con su colcha impecable y las almohadas rellenas con plumas de presunto ganso adosadas a la cabecera. Abro los cajones del buró. Los revuelvo hasta que encuentro una crayola gastada de color rojo. Mi caligrafía intenta emular caracteres góticos: "Mi nombre es Ortodoxa y no descansaré hasta que mi puño se tope con los intestinos de Dumier...". / Cuando recupero la cordura, estoy coloreando lo que a mi entender es el dibujo de un cartón de leche. Antes había dibujado, con pulso infantil, una berenjena, un guante de box con una letra "M" y un sol con anteojos. Escupo una carcajada por aquel arrebato de inconsciencia. Luego froto las paredes con las almohadas, tras humedecer las fundas con saliva y Givenchy oloroso a limalimón. / Frente al espejo. Llevo pantalones de piyama y una playera negra que dice con letras amarillas "Born to be wild, Thinkers". Voy a ir a La Boquería a comprar una medida de arroz y otra de *empedrat*. Necesito comprar también vino. Tengo un chingo de hambre y en toda la casa lo único que hay es un pedazo de queso agrio y tres cajitas de gelatina de limón en la alacena. Estoy sola y mi nombre es Ortodoxa, la llanera solitaria… / Bajo por Aribau hasta la Plaza de la Universitat y corto en Carrer de Pelai hasta dar con Las Ramblas. Como siempre, las calles hierven de puta gente. A la altura de Betlem, una caravana de backpackers ha desplegado un momentáneo campamento: varios gringos rubios están sentados a media Rambla, mastican trozos de pollo frito, que se pasan unos a otros por medio de una enorme caja de KFC; todos sin excepción sostienen una lata de *Coca-Cola*. Siento un poco de odio. Su vulgaridad barbárica aniquila la poca simpatía que soy capaz de experimentar por estos mochileros rubios y feos. No sé por qué el color amarillo me da tanto asco… / La Boquería está a punto de cerrar. Apenas encuentro garbanzos cocidos y pasta con crema y jamón. Para el postre, compro cien gramos de serpientes de gelatina y tres plátanos aún verdes. No subo por Las Ramblas hasta el Champion para comprar el vino, sino que opto por rellenar una garrafa en la bodega junto al edificio en Consell de Cent. ¿Dos días para desalojar? Llevaré a la práctica el dicho de "Para lo que me queda en el convento, cago adentro". ¿Por qué a los españoles les encanta embarrar la mierda en todos sus dichos e insultos? Se cagan en la leche, en la hostia, en el huevo, en la mar, en el convento… En mi puño… Maricones de mierda, me cago en la apicoalveolar y sus variantes ceceadoras… / Voy a la estación de Liceu. Permanezco de pie frente al desfile incansable de los peatones: en mi mano izquierda cuelga la bolsa de plástico que contiene mi cena. En uno de los estancos de mascotas, hay una variopinta colección de aves enjauladas, desde la paciente paloma hasta el cotorro angustiado que mueve los ojos hacia todas partes. Lo que más llama mi atención es una cría de pato. Mi nombre es Ortodoxa y soy una caja llena de ternura contenida que se desborda

gota

a

gota

hasta

el

fondo

inerte

de

mis

pesadillas

.

.

.

Acaricio con mis dedos exangües mis piernas.

Medito.

Mastico mis garbanzos con aceite de oliva.

Me maravillo al pensar que los seres humanos no conceden ninguna concesión a los más débiles.

Y que

en oposición a la naturaleza de la cual osamos afirmar que carece de conciencia imponemos bruscas prisiones a los seres más menesterosos.

Pienso en esto y un golpe seco impacta en mi interior

sólo que ahora no he sentido deseos de llorar

ni siquiera porque la noche se ha instaurado en su fondo más oscuro y todo el mundo duerme inconsciente de su fragilidad.

Cenar sola puede ser tan doloroso como una patada en la vagina.

Me cago en la soledad.

Soy la soledad y la furia.

No lloraré.

No quiero hacerlo

.

.

.

Voy en un vagón del metro rumbo a Montbau.

Parece que habrá un juego de futbol.

La casaca blaugrana invade los andenes como una epidemia irreprimible.

Una chiquita toca el acordeón entre los pasajeros.

Se contonea por el peso del instrumento cada vez que los motores del tren cambian de velocidad.

Evoco mis años de estudiante en México

y a los vendedores ambulantes que ponen a la venta lo imaginable

y lo inimaginable en los vagones del metro

¡Copias de las antologías de los cantantes de moda!

¡Dulces!

¡Chicles sin azúcar!

¡Martillos y desarmadores!

¡Fruslerías hechas en China!

¡Calcomanías!

¡Antologías de chistes!

¡Peladores de papas!

¡Manuales de ortografía!

¡Etcétera!

El metro en México puede ser muy ruidoso, como el sonido de una matraca

TRACA

TRACA

TRACA

Hago la conexión con la línea uno en la estación de Catalunya.

Decido tomar la dirección hacia Fondo y pasar las últimas horas de la tarde en la explanada del Forum.

Al poco tiempo

me encuentro sentada en un vagón poco concurrido hacia Pep Ventura.

Dos mujeres me miran como aleladas.

Tengo pinta de "sudaca" o de marroquí que no lleva hiyab ni burka.

A la gente le importa poco que sea de México o de Chile

de Marruecos o de Perú

pertenezco

por mi pura fisonomía

al grupo de extranjeras sometidas a una prueba social vitalicia.

Pero las dejo escapar.

Ignoro la atención negativa que me obsequian como un puñetazo en el cuello.

Ojalá que un día decidan entrar a un banco y dejar la caja fuerte vacía.

Ojalá que un día seamos el terror del mundo.

Mi nombre es Ortodoxa y mi propósito es aterrorizarlos hacerlos temblar

señalar con el índice el punto oscuro de su orto apelmazado y maloliente.

Esta memoria es para que sepan que un día a cualquier hora y en cualquier lugar puedo aparecer detrás de ustedes con el puño embarrado en vaselina.

Lo mío no es sólo en contra de Dumier

sino en contra de todos los machitos y machotes que sienten que valen demasiado.

De todos aquellos que están muy seguros de que una mujer les va a poner sobre la mesa una sopita caliente con ajitos y verduritas y corazoncitos de pollo

.

.

.

Abandono el vagón en Besòs Mar (pensar en el nombre de la estación me produce un leve estremecimiento)

y cruzo el barrio de los paquistaníes hasta dar con la
Avenida del Mar.

En uno de los extremos de la calle

una gitana

apostada en las puertas de una tienda de ultramarinos

extiende su mano a los transeúntes

sin que ninguno reparare en su comprimida presencia.

Un machito trajeado la mira con suprema condescendencia

y niega con la cabeza mientras pasa de largo.

Lo sigo.

"hoy serás mi cena"

Ni lo presientes

chiquito

así como vas enfundado en tus garritas Armani

así como llevas tus zapatitos bien boleados y tu corbatita
de seda italiana

así y con todo tu boato de machote lleno de gargajos
celestiales

así también vas a llorar de dolor

puto

porque en el fondo eres sólo un pinche cobarde que no
sabe de lo que soy capaz.

Bella idea ha acudido a mi mente

embadurnarme el puño con grasa para lustrar.

"oscuridad sellada con negrura"

No pueden negarlo

soy una poeta muy chingona

93

.

.

.

Miro el cauce irisado del río Besòs
maravillada ante los insanos arcoíris producidos por los
desechos tóxicos que se acumulan en la desembocadura.
En lontananza
el Transmediterránea apresura su paso hacia las Islas
Baleares.
Deja una densa mata de espuma tras de sí.
Una vez abordé uno de aquellos ferris con Manuel
una noche en que todas las estrellas despuntaban en el
cielo límpido y azul de octubre. Pasamos el fin de semana en
Roma.
De ese viaje recuerdo flashes de cámaras fotográficas
apuntando hacia las alturas en la Plaza de España.
El cielo romano
como lo recuerdo
es una perpetua transición del púrpura hacia el azul
marino.
El cielo de Barcelona es igual

.

.

.

Regreso al apartamento después de la medianoche

abatida por los recuerdos que se amontonan en mi cabeza.

Me tallo el puño con zacate y mucho jabón durante varios minutos.

La grasa de zapatos no se quita con facilidad.

Una sombra ligera cubre la piel de mi puño

semejante al bozo que nace sobre el labio núbil de los adolescentes.

Mujer con bozo
culo sabroso.
No.
Mujer con bozo
puño sabroso

.
.
.

Me recuesto en el sillón.

El viento agita las cortinas.

Cuento el dinero.

Un billete tras otro.

Abundancia billetosa frente a mí.

Una buena torrecita de papel para planear una fuga de película.

Cuando el macholín disfrazado de Armani reconoció con terror que lo mío iba en serio, justo después de la primera embestida de mi puño, me ofreció dinero o lo que yo quisiera para ponerle un alto total a lo que estaba a punto de ocurrir.

Me dio la combinación de una cajita fuerte que había debajo de la cama.

Hay que ver lo que un machito es capaz de hacer para salvar el pellejo rectal.

Dejé la cajita fuerte vacía

y el culo de su dueño como un pastel relleno de betún de chocolate.

[FOTOGRAFÍA
DE UN PASTEL
DE CHOCOLATE]

Las ráfagas de viento hacen chapalear las cortinas.
Con lentitud me sumerjo en la oscuridad
y el silencio comienza a tragarme con parsimonia.
Soy una mujer que descansa.
Me llamo Ortodoxa
pero eso ya todos ustedes lo saben.
Pronto
muy pronto
tendremos que irnos de aquí.
Y comenzará la fuga.
Mañana tengo que desalojar el apartamento.
Tengo que salir.
Ver la luz del sol.
Airearme.
Respirar
Practicar la libertad

.

.

.

Los rayos aterciopelados del sol acarician mi rostro.

Estoy tumbada con las nalgas apuntando hacia el sol en la Barceloneta.

Nutro la codicia de mi puño con los rayos enfermos de Febo.

Absorbo energía.

El sol y Bataille.

Mi Manuel.

Buenos recuerdos de un pasado fragmentario.

Una vez mi nombre no era Ortodoxa.

Pero no hay tiempo para recordar

debo lavarme el cuerpecito con el agua del Mediterráneo.

Y después de este chapuzón

comenzará la crónica en vivo de mi fuga.

Ah

que fresquita es el agua de este mar para maricones

más cuando arriba hay un sol demoledor y expansivo.

Es hora de irnos.

¡A volar!

.

.

.

Subo por Marina rumbo a la Estación del Norte. Tengo que ir a Madrid a tomar un avión de retorno a México. ¿Podremos regresar? Hago fila en la taquilla de Linebus. Déjá vu: delante de mí, hay un trío de mexicanos enfrascados en una chusca discusión sobre la distancia que hay entre Barcelona y Madrid: comparan la duración del trayecto con la que hay entre la Ciudad de México y Huejutla. Llega mi turno. La empleada me pregunta adónde quiero ir. "Madrid capital, para mañana". Pago mi boleto con los ahorros del tipete Armani. No soy burguesa. Viajo a la mexicana: en puto camión. La empleada extiende el boleto sobre el mostrador y remarca con tinta roja el horario y la fecha. Miro a la empleada fijamente a los ojos. Y, sin dejar de sonreír, le digo que hubiéramos hecho una tremenda pareja desfondaculos, como las chicas de la película francesa *Viólame*. Parpadea. Me alejo deprisa. Aprieto con fuerza mi boleto de autobús. Mi nombre es Ortodoxa y esta es la historia de mi fuga. / No recuerdo cómo regresé al apartamento, ni qué hice durante el resto de la noche. Ya es de día. Un nuevo día. Orino con la puerta del baño abierta. Una lúdica confusión revoletea en mi cabeza. Termino con lo mío. Me cepillo los dientes. Presiono el botón de la contestadora y escucho por enésima vez el mensaje, la voz maquinal, que reitera que si no desalojo me sacarán por la fuerza. Regreso a la habitación: una pierna femenina despunta de uno de los pliegues de la colcha. El resto del cuerpo es un enigma sepultado bajo la trama geométrica de la colcha favorita de Dumier. Rodeo la cama hasta situarme frente a donde debe de estar la cabeza de la mujer. Levanto el cubrecama hasta que una fisonomía se dibuja sobre la almohada. Jamás he visto aquel rostro, que duerme y respira sin darse cuenta de que lo observo. Tiro de la colcha hasta hacer visible el cuerpo entero. Está desnuda. Su palidez es increíble, parece que jamás ha tomado un baño de sol, y en una ciudad mediterránea la palidez es una excentricidad inaudita. Tiene el sexo rasurado. Gira sobre la cama sin despertar. Intenta abrazar un cuerpo imaginario. En uno de sus glúteos, cerca de la cintura, tiene un pequeño tatuaje de un hacha de doble filo. Las formas suaves de su cuerpo denotan una puerilidad perturbadora, como si en algún período de la adolescencia su proceso de desarrollo se hubiera detenido. Me siento en el borde de la cama. Los resortes del colchón tiemblan y producen un movimiento casi marino. Despierta sin sobresaltos, con naturalidad. Se lleva la punta de la lengua al labio superior al advertir que está desnuda. Sonríe. La colcha cae desparramada en el piso… Debe tener apenas veinte años, no más de veintitrés. Se mueve hacia el extremo más alejado de la ventana, por donde ahora se filtran oblicuos rayos que iluminan la espalda de la chica. Se pone de pie y se aleja gritando que tiene que ir al baño. "¡Me meo!" La espero recostada sobre la cama, con la colcha entre las piernas. Medito sobre el milagroso accidente que acabo de presenciar. Es como verme a mí misma con quince años menos. Tiene mucho que aprender, como dejarse crecer el vello púbico y cobrar consciencia de que su puño no es un caracol marino, sino un nudo gordiano cuyo fin es perforar yacimientos de petróleo. Nuestro puño es el enemigo de las corporaciones, de los machitos y machotes que aún ignoran que llegamos para quedarnos: estamos aquí para limpiar todo este pinche desmadre. ¡Ya llorarán, cabrones, se los promete mi puño huesudo y tirano! La chica regresa emitiendo extraños sonidos vocálicos de alegría. *Tienes aún mucho que aprender, carnala.* Siento el peso de su cuerpo tambalearse sobre la cama. Se recuesta a mi lado. Su respiración roza mi cuello. Sin decir nada recorre con sus manos mi torso y rodea con sus piernas mi cintura. Besa mi cuello con delicadeza, como si imprimiera una microscópica rúbrica sobre un papel demasiado frágil. Permanezco impertérrita, anquilosada en un estado de fascinación primitiva; intento abolir mis pensamientos e imagino la forma del corazón humano. Claro que lo he visto en las monografías y otros esquemas escolares, pero me atrae la idea de que su forma y consistencia son diferentes en cada persona. Que quizás el de la chica que me acaricia es blando y de un color azul mora, y que el mío aún no se decide por una forma precisa y que por ese motivo se sumerge en un estado de constante transformación, y que en este momento su forma transitoria es el de un anillo de agua.

[ESQUEMA DE UN CORAZÓN HUMANO]

Me llevo las manos a la cara y me froto los ojos. Le pregunto a la chica cómo carajos terminó junto a mí. No responde. Sus manos se derrumban como un castillo de arena. Descienden con suavidad por mi torso hasta desmoronarse entre mis piernas. Doy un respingo. Se aleja.

Aclara su garganta y se cubre con la sábana el torso, como si de manera repentina recuperara la vergüenza: "Soy Mónica... la nueva inquilina del piso. Como tenía las llaves, pasé ayer por la noche, pero nadie me dijo que estarías tú aquí...".

Observo su rostro. Es casi como mirarme en un espejo que me devuelve una imagen equivocada, pero no por eso aterradora, sino suave, amable ante los ojos. "¿Quieres venir a Madrid conmigo esta noche?", pregunto a quemarropa, sabedora de que con preguntar no se pierde nada y sí se puede ganar tiempo. Asiente. Le digo que juntas le enseñaremos a Dumier lo que es vivir... Sonríe. "¿Quién es Dumier?" *Eso es lo que aún tienes que aprender*, respondo sin despegar los labios, compartiendo por telepatía el principio de nuestra asociación. Nuestro nombre es Ortodoxa y nuestros puños no saben a hierba como en la canción de Serrat. ¿Incrédulos? Ya lo creerán.

Bajamos al bar adosado al portal del edificio.

El dueño es un argelino que prepara el mejor cuscús con verduras de este barrio.

Mónica pide una cerveza y yo un güisqui doble.

Comemos el cuscús con alegría.

Luego vamos a la Estación del Norte a reservar el boleto de Mónica.

En el camino

nos detenemos en una de las tiendas del Passeig de Gràcia a comprar una maleta que según ella necesita para marchar a Madrid.

Dice que aún le quedan dos días de alquiler en un piso compartido ubicado en Carrer de Lepant.

Ascendemos

una frente a la otra

en el interior estrecho de un elevador.

Antes de que Mónica inserte la llave en la puerta

tomo su mano y sin apartar mis ojos de los suyos le digo
que tenemos que hablar.

Me mira sin dejar de sonreír

dice que sí

que claro.

Aún es joven y no tiene idea de lo que nos espera.

"nuestra asociación tiene una serie de principios
irrevocables"

Dejo su mano en libertad y abre la puerta.

El lugar es mucho más grande que el de Consell de Cent.

Lo primero que veo es un enorme tronco de madera
tallado sólo por el frente.

Cruzamos un largo pasillo

hasta llegar a una estancia ocupada por una mesa circular
y cinco sillas.

El decorado es parco y forzadamente minimalista

con fotografías en claroscuro en las paredes.

Impera un ambiente impersonal

casi patológico

como si el lugar hubiera sido decorado por un psicótico
feliz

demasiado esnob como para ser peligroso.

Una voz llega desde el fondo del pasillo.

Aparece una chica morena

con el pelo recogido con un par de largas baquetas de madera.

Mónica me presenta como una amiga fotógrafa.

Asiento con la cabeza y añado que soy fotógrafa forense
y que me especializo en tomas escatológicas.

Las dos me miran divertidas.

La chica

una brasileña de nombre Nuria

dice que tiene que ir a la tienda a comprar pasta dentífrica.

Agita su mano en el aire

en señal de despedida

y desaparece por el mismo pasillo por donde llegó.

La habitación de Mónica está a un lado de la estancia.

Es una especie de anexo del comedor que cuenta con baño independiente.

Apenas cabe una cama individual y una mesilla

que según Mónica

es de trabajo.

Me siento en el borde de la cama.

Los muelles chirrían.

Sobre la mesa hay revistas y lápices de colores.

Mónica comienza a llenar con ropa y zapatos la maleta que compramos hace un rato.

Lo hace de una manera desordenada

empuja el contenido hacia el fondo cada vez que introduce una nueva prenda.

Hojeo una de las revistas que hay sobre la mesa.

Es un almanaque de crucigramas.

Tenemos que hablar.

"pues habla…"

Me pongo de pie

y tras estirar los brazos

como si apenas me hubiera despertado

le enseño mi puño cerrado

y señalo con lujo de detalle cada uno de sus nudillos y cada una de sus venas.

Intento explicarle lo del límite del encabronamiento.

Expongo mi paroxismo.

Llevo a cabo una disquisición sobre la naturaleza de los machitos y los machotes.

Vuelvo a cerrar mi puño izquierdo

y en esta ocasión Mónica lo mira con una mezcla de arrobamiento y terror.

Trasiego el contenido de la mesa.

Hay un ábaco de madera y una edición de bolsillo de El extranjero.

Hago un cucurucho con el libro de Camus.

Abro los ojos grandes como dos lunas y paso a paso expongo a Mónica el uso formidable que podríamos darle a la historia de Mersault.

Mónica asiente sin dejar de sonreír

como hipnotizada.

Me mira con fijeza

como si observara un fuego despiadado consumir la casa de sus padres.

Mónica quiere ser ese fuego.

El fuego.

La consunción.

Un puño devorando una serpiente encima de un nopal.

Lentamente cierra su puño.

Lo observa.

Lo lleva a las alturas.

Y en sus ojos puedo ver una llama encendida.

[FUEGO]

.

.

.

El autobús se estaciona en el andén número quince de la Estación de Las Américas de Madrid a las 7:06 de la mañana.

Bajamos por la puerta delantera

amodorradas

y con un hambre que comienza a palpitar en la boca de nuestro estómago.

Subimos hacia la sala principal de la estación.

Por los altavoces

escuchamos que el autobús a Barcelona de las 8:00 ya está formado en el andén número dieciséis.

¡Pero hacia atrás, ni un solo paso…!

Estamos agotadas por el viaje.

La gente nos irrita.

Queremos ir al baño

pero un letrero de color amarillo impide el paso.

Lo nuestro no puede esperar

así que entramos decididas al baño de los machotes.

Vamos directo a un privado.

Aquello es repugnante.

Incluso podemos escuchar el chorro de meados y los pedos de nuestros vecinos.

Cuando abrimos la puerta del privado

un tipo tocado con boina y gafas oscuras está frente a nosotras mirándonos las piernas. No tiene ni idea este cabrón del lío en el que se puede meter.

Hazte a un lado, cara de prepucio.

Nos miramos una a la otra a través del enorme espejo que tenemos delante.

El de la boina nos observa.

Mira como idiota nuestras piernas de lujo.

Da un paso hacia nosotras

y con elogiosa habilidad extrae su trozo de carne erecta de la abertura del pantalón.

Da otro paso hacia nosotras

.

.

.

Nuestro nombre es Ortodoxa

y hemos llegado al límite del encabronamiento.

¡ZAS!

¡PUM!

¡Tómala, campeón!

Salimos con el puño izquierdo latiéndonos como si toda nuestra sangre estuviera estancada en nuestros nudillos.

Hay salpicaduras de sangre en nuestra camiseta.

"Born to be wild, Thinkers"

Es su sangre

la de todos ustedes.

No olviden que hemos llegado al límite del encabronamiento.

Simplemente no lo olviden.

A quien olvida se lo coge el Tiempo.

Amén

.

.

.

Ascendemos por las escaleras eléctricas que conducen a la estación del metro de la Avenida de las Américas. Examinamos el mapa de la ciudad desplegado a un costado del despachador de boletos del metro. La Ciudad de México puede esperar. Hay que iniciar desde el principio. Comenzar en Madrid una limpieza general. Nuestro puño emergerá, golpeará la superficie de la cotidianidad que los machitos y machotes asumen como inquebrantable. Nuestro nombre es Ortodoxa y seremos legión. Cuídense. Un mal encuentro con nosotras puede terminar en el fondo de sus ortificios.

Hoy estamos en Madrid

pero pronto llegaremos a su ciudad
como el nuevo iPhone

.

.

.

Francisco Laguna Correa

CASETE NÚMERO TRES: EL ÚLTIMO

(Etiquetado: "Madrid, 2009")

1. "¿Qué piensas de Ortodoxa?"

Es una mujer ejemplar, tesonuda, que no se arredra ante los toros más voluminosos y furibundos. Nuestras miradas se cruzaron cuando yo iba de paso por la Plaza del Sol. En aquel entonces era camarera en un restaurante de la Gran Vía. Siempre me ha gustado caminar, desde niña, por eso el trayecto desde Lavapiés no significaba mucho esfuerzo para mí. Fue una mirada casi de complicidad. Ambas sonreímos, pero ninguna dijo nada ni intentó abordar a la otra. Una especie de chispazo, ¿sabes? Como cuando recuperas algo que habías dado por perdido. ¿Qué cosa? No, creo que no me entiendes. No soy lesbiana, las mujeres no me atraen sexualmente. El chispazo que surgió del encuentro de nuestras miradas no tenía nada que ver con la atracción sexual. Tampoco con la amistad. ¿Nunca te ha ocurrido algo así? ¿Que ves algo que te recuerda lo que has estado buscando toda la vida? Cuando miré los ojos de Ortodoxa, reconocí en su mirada el mismo temblor que tantas veces me ha devuelto el espejo cuando lo miro fijamente. Cosas así sólo ocurren una vez en la vida. Por eso cuando iba de regreso del trabajo, en medio de la multitud nocturna reconocí una vez más sus ojos, no lo dude ni un instante y me acerqué hacia ella. Me dijo que su nombre era Ortodoxa y me preguntó si quería un café. Caminamos. Yo intentaba recordar si había visto su rostro en otro lugar, quizás en el metro o en el supermercado. Nos sentamos en una mesita exterior de un restaurante de la Plaza Mayor. Al principio hablamos de lo que hacíamos en Madrid, del trabajo, de lo difícil que estaba la situación económica... Ella era una gran conversadora, con una facilidad de palabra que cualquier político envidiaría. Por eso de la cotidianidad de nuestras vidas comenzamos a platicar de asuntos más íntimos. Así fue como de repente Ortodoxa discurría sobre asuntos que yo misma había presentido, pero que no había articulado a través de mi propia voz. Asuntos que si no conoces debes intentar aprender, como lo del límite del encabronamiento, como lo de los machitos y los machotes, como lo de la fuerza contenida y liberadora que duerme en cada uno de los nudillos de mi puño. Nunca antes había cerrado mi mano y observado su forma con tanto detenimiento como aquella noche. Ortodoxa tenía demasiada razón. Creo que en toda mi vida no me había carcajeado tanto ni sentido tanta furia como esa noche junto a ella. Sentí que mi vida cobraba sentido, como si mi participación en el devenir del tiempo de pronto hubiera adquirido un significado impensable tanto en Perú como en España. Ortodoxa me explicó que durante mucho tiempo hizo la guerra ella sola, sumida en el anonimato, perseguida por tipos nefastos como Dumier, como la policía; tipos de esa calaña, o como diría Ortodoxa: "machitos y machotes sin un atisbo de conciencia de la capacidad destructiva de nuestro puño". Una ira muy específica y particular, como seguramente llegarás a entender... Sí, pero eso ya lo sabes, nací en Lima. Todas somos inmigrantes en este país, la Madre Patria, como dicen los machitos y machotes que Ortodoxa persigue. Allá en Perú las cosas parecen más difíciles que acá, pero es muy diferente. Allá tengo a mi familia y acá estoy sola, pero es muy diferente en Lima. Allá parece que no tengo vida y acá siento que la vida pesa como una tonelada de mierda, pero es muy diferente en Lima. Allá cada día parece más lejano, más impensable, mientras que acá se vive en lo inmediato, en el camino desde Lavapiés a la Gran Vía y viceversa, en el trabajo y la falta de dinero para pagar todas las facturas a tiempo. Una se acostumbra a vivir en España, en Madrid, a escuchar y presenciar cómo grita la vida y se revuelca muy cerca de ti. Para Ortodoxa no era suficiente estar cerca de la vida. Ella decía que nosotras íbamos a hacer la vida, que nosotras le íbamos a poner un alto a la vida tal y como la concebíamos. No pasó mucho tiempo antes de que me mudara al piso de Ortodoxa, junto con otras Ortodoxas que ya habían asumido el límite del encabronamiento… Éramos tantas que tuvimos que mudarnos todas a una casita camino de Getafe. Y como todas trabajábamos por las mañanas y operábamos por las noches, no teníamos problemas para pagar el alquiler y los gastos. Incluso, la mujer que nos alquilaba la casa, una chilena que se mataba como costurera para pagar las dos hipotecas que tenía, decidió dejar la costura para irse a vivir con nosotras. Que una mujer con su trayectoria abandonara su jaulita para unirse a nuestro movimiento surtió un efecto anímico vital en el desarrollo de nuestra asociación. La mayoría de nosotras trabajaba como camareras o en locutorios en diferentes barrios de la ciudad. Eso era parte de la estrategia, porque así podíamos captar más adeptas a nuestro movimiento. Los locutorios son el mejor lugar para hallar mujeres inmigrantes al límite del encabronamiento. Es común que sean ellas quienes envían a sus países de origen las remesas que mantienen la microeconomía en marcha. Éramos como un férreo ejército en el que hasta el más mínimo movimiento estaba planeado con antelación. Un reloj suizo, pero muchísimo más exacto. Leíamos mucho también. Ortodoxa nos decía que la lectura era la calistenia de la voluntad. Por eso pasábamos por Bataille, Sade, Schopenhauer, Baudelaire, Sor Juana, Vallejo, Woolf, Castellanos, Novo, y otros machitos y machotes que nos removían la conciencia de formas negativas y positivas. Muchas de nosotras tras leer a Vargas Llosa, Cela, Byron o Carlos Fuentes sentíamos el menesteroso apremio de hundir nuestro puño embarrado de vaselina entre los cachetes de esos políticos culturales. ¿Feministas? No lo creo. Lo nuestro es una misión cuya ideología se concentra en el solo principio de desflorarle el culo a los machitos y machotes que nos miran de arriba abajo, sin un atisbo de conciencia de lo que somos capaces de crear… No, no es así de simple. No se trata sólo de la fuerza contenida en nuestros puños cerrados, es mucho más que eso. Nuestro puño es apenas el síntoma más visible del movimiento regenerador que estamos llevando a cabo. Es logística y pensamiento en su estado más puro, pero también es poesía filosa y llena de esperanza. Al principio, cuando Ortodoxa hablaba de estos y otros asuntos, no comprendía del todo la magnitud de sus palabras: mi imaginación se quedaba corta ante el brillo ampuloso de la realidad. Bastó con hundir por vez primera mi puño en el orto de un machote desharrapado para adquirir un conocimiento profundo de nuestro movimiento. Es una experiencia iniciática ver cómo brotan diminutas lágrimas de los ojos hinchados de un machote, de un mojón que hasta ese momento no había pre-visto la velocidad con que nos acercábamos, como un tren cargado de ira y silencio. No sólo es el golpe de poder que palpita en el pecho, sino la liberación; atestiguar que la justicia ocurre y concurre en nuestros puños cerrados sumergidos hasta la muñeca en vaselina u otras jaleas lubricantes. ¿Alguna vez has hundido tu puño en un bote de vaselina? Un puño cerrado en esas condiciones semeja un cristal adiamantado, una combustión de minerales que palpita. Y si la fuerza cede y tu puño se relaja y poco a poco lo vas abriendo, la cavidad de la palma de la mano se convierte en una geoda con diminutos cristales de colores inverosímiles, pequeñísimos resplandores que en su conjunto conforman el reflejo de la justicia. En poco tiempo, nuestro movimiento adquirió magnitudes que ni siquiera habíamos sospechado. Por toda la ciudad surgieron adeptas. Desde Getafe hasta Alcobendas, el llamado de Ortodoxa recibió una acogida entusiasta. Nadie lo sabía, sólo nosotras. Nuestro nombre era Ortodoxa y cuando los machitos y machotes de todo Madrid nos observaban caminar por las calles, por sus mentes no atravesaba la sombra de la duda. Se limitaban a pontificar que éramos mujeres inmigrantes que trasegaban de un lado a otro de la ciudad en busca de empleo. Costureras. Camareras. Asistentes domésticas. Cocineras. Enfermeras mal pagadas. Servidoras sexuales. Tituladas universitarias afanadas como milusos en la casa de un asqueroso gilipollas. Estudiantes. Algo sin forma ni color. Sombras casi nulas. Pero debajo de nuestro disfraz aparentemente inofensivo, en nuestros puños un galope tenebroso y liberador palpitaba a mil por hora.

2.   ¿Qué es exactamente lo que hacían?

Seguíamos a machitos y machotes por toda la ciudad. Los veíamos emborracharse, gritar con euforia un gol y bajarse la bragueta en medio de la calle para mear la piedra vieja de las calles de Madrid. Entonces los seguíamos hasta hacer visible nuestra existencia. Pero ellos sólo sonreían con sorna, sin dejar de asumir que frente a ellos refulgía un orificio donde hundir su trocito de alegría momentáneamente endurecida. Nada de esto lo digo con acritud. Mi tono es socarrón, alburero, muy alegre, porque luego caminábamos de regreso a casa con el recuerdo aún fresco del cuerpo amordazado de un conquistador llorón. Nuestro nombre era Ortodoxa y habíamos llegado al límite del encabronamiento. Nuestro puño nos reivindicaba al más puro estilo marxista-leninista. Trabajábamos con un propósito común, con un rostro profundamente humano, bajo la consigna de apresar la diminuta luz que asomaba en el horizonte tenebroso que teníamos delante… No, esa es una postura reduccionista, una solución fácil. Nosotras no somos terroristas de ninguna especie. Nuestro Estado es la justicia y nuestras pretensiones políticas se reducen al hundimiento de la abusiva cotidianidad. Más que terroristas, somos revolucionarias, porque nuestra doctrina es la Revolución, es llevar hacia el paroxismo la manifestación histórica del poder. Queremos corromper la idea misma de la pinealidad de las instituciones que se engrosan, igual que los trozos de la carne semicurada que nace en la entrepierna de los machitos y machotes que se mean a carcajadas frente a nosotras… En plazas, cafés, oficinas, locutorios, hospitales, museos, en todas partes había adeptas a nuestro movimiento. Inmigrantes que cada noche salían a las calles con el propósito de hacer tremolar la seguridad hirviente de los machitos y machotes de la ciudad. Sería difícil hacer un cómputo de cada una de nuestras misiones, de cada uno de los objetivos que seguimos hasta sus guaridas u hoteles o apartamentos haciéndoles creer que éramos presa fácil e inofensiva. No sabes cuánto se disfruta hacer que uno de esos porfiados remedos de humanidad eructante descubra que ha vivido engañado, equivocado, demasiado confiado en las leyes de la evolución y la superioridad que los músculos en apariencia confieren a su género. Hace poco escuché a un machito-hijo-de-papi decir que a las cosas hay que llamarlas como son. El problema es que las cosas son un reflejo infiel de la realidad. Piensa un poco, en apariencia los machitos y los machotes obtienen prerrogativas por todas partes. Reciben premios dotados de mucha marmaja, campeonatos deportivos, salarios exorbitantes, cuando la realidad es que son seres cuya característica esencial es que se les hace agua la canoa a chorros. No te diré cuántas veces al mirar el temblor que recorre el orto de un machote a punto de llorar he descubierto en el espasmo de su diminuta circunferencia el llamado de la veracidad. Y la verdad es que nuestro nombre es Ortodoxa y hemos llegado al límite del encabronamiento. No nos tocaremos el alma, eso ya lo hemos hecho en el pasado demasiadas veces. Tampoco rezaremos en silencio ni menearemos con una cuchara de madera las sopas que nutren los huesos de los machitos y machotes que miran el futbol en calzones o que hablan desde sus cátedras como si lo supieran todo… No. No. No.

3. ¿Entonces, me parece que sí son feministas radicales...?

No entiendes, lo nuestro no es feminismo ni una variante del feminismo. Lo nuestro es puro y duro encabronamiento, necesidad de justicia, cansancio visceral ante el enrevesamiento que opera en la realidad que nos han impuesto a base de músculo y gargajos. Pero quizás esto nunca lo podrás entender por cuestiones fisiológicas y mentales que se harán obvias en cuanto te mires en el espejo... ¿Dumier? Al principio Ortodoxa hablaba mucho de él, después comenzó a desaparecer de su discurso. Nuestro libro Historia D consigna que Dumier fue el detonador del límite, una pulsación en los lindes de la paciencia de Ortodoxa. Sabemos que le dio cacería, que llegó a tenerlo enfrente y que lo dejó escapar... Pero lo volvimos a encontrar. A Dumier lo hicimos sufrir más allá de lo imaginable. Igual que en esos festivales en que cantantes de diferentes lugares y calibres se juntan para dar un concierto, nuestros puños se unieron para orquestar una sinfonía mayestática en el orto sarroso de Dumier. ¿Qué hizo Dumier para merecer semejante final? No lo sé. Ortodoxa nunca hizo explícito el motivo por el cual ese machote mereció una persecución tan metódica y revulsiva... ¿Que si tengo un mensaje para las próximas generaciones? Lo único que quiero que quede bien claro es que nuestro movimiento es imparable e indisoluble. Seguimos extendiéndonos y nuestro alcance ha superado las fronteras españolas. Habemos/hemos mujeres inmigrantes en países tan dispersos y disímiles como Australia,

México, Brasil, Estados Unidos, Canadá, Rusia y Japón… No tenemos fronteras. Nuestro movimiento es silencioso y nocturno. Nos camuflamos. Convivimos con la oscuridad, con las fuerzas subterráneas que de pronto emergen para golpear la realidad con todo el espasmo contenido en nuestros puños. Mi mensaje es que todos los machitos y machotes deberían usar un cinturón de castidad blindado o que al menos se amarren con un mecate los calzones, que hagan un nudo ciego muy difícil de descifrar, aunque de cualquier manera rodarán por sus mejillas espesas gotas de llanto… Eso no lo sé. Ignoro si estas memorias serán útiles. Tampoco sé si esto es una especie de manual de supervivencia o las notas de un grupo de resentidas sociales. Más que un manual se trata de un antimanual. De un manifiesto en contra de los excesos y la dureza de corazón. Según Ortodoxa, la nuestra es una historia de amor, pero de un amor que no se cuenta con frecuencia y que los machitos y machotes intentan expulsar de los registros históricos de nuestro tiempo… No tiene caso que escupas tus puntos de vista frente a mí, ni que me hagas preguntas estúpidas cuya respuesta es un gorjeo retórico en el que tu sola voz resuena como un pedo mojado. Ni lo intentes. Mi voluntad es inquebrantable. Corrijo: nuestra voluntad es inquebrantable, al grado de que no puedes hacer nada para detenernos o alejarnos de nuestros objetivos…

4. ¿Cuáles son tus planes para esta noche?

Eso ya lo deberías saber, pero como el coco no te da para tanto, voy a explicártelo con pelos y señales. Primero,

guardarás tu equipo de grabación en ese estuche forrado de
piel que está a un lado de tu silla. Harás anotaciones en esa
libretita a rayas que tienes delante de ti. Me mirarás durante
un lapso indefinido, preguntándote si de veras existo, si no
soy más que una mentirosa que quiere hacerse un poco de
fama a costa del mito de una tal Ortodoxa. Me mirarás de
arriba abajo con toda tu sabiduría de machito apretado, e
intentarás hallar en mi fisonomía y en las palmas de mis manos
un signo que te lleve a formular una teoría más realista de lo
que te he contado. Pensarás que mi historia es una mentira.
Incluso dudarás de que en mi puño huesudo y pequeño hay
suficiente voluntad para abrirse paso en el ombliguillo rectal
de los cabrones de tu calaña. Porque de seguro has pensado
que todos los tipos que conoces son machitos y machotes
que se la miden entre sí con escuadras fosforescentes. Perros
sólo gallardos para el fanfarroneo, inútiles como una plomada
que cuelga del techo de una catedral. Tipetes todos con un
sentido de autosuficiencia exasperante que los hace inmunes
a la inercia de la justicia poética. Después me darás la mano.
Intentarás esconder tu condescendencia bajo un gesto de
huraña simpatía. No lo verás venir. Tan pronto como salgas
del café y te encamines por Madero hacia el Eje Central, con
la idea fija de que tienes hambre y que tus amigos se cagarán
de risa cuando les cuentes esta historia, yo te seguiré con paso
discreto e insospechado. Cuando menos lo esperes, estaré
detrás de ti y tú estarás amordazado e inmóvil. Impotente.
Cansado. Incrédulo. Ni siquiera cuando tu cuerpo semeje
un cañón apuntando hacia la luna, ni siquiera cuando estés

inmerso en semejantes condiciones, podrás creer que tú eres el protagonista de semejante tortura. Cerrarás los ojos con fuerza alucinante. Morderás la mordaza improvisada con la camisa de lino que llevas ahora puesta. Una gotita de llanto salado e incrédulo brotará de tus lagrimales y rodará por la piel blanca de tu mejilla hasta reventar contra la superficie bruñida del piso. Y aquello durará más que la eternidad. Querrás gritar, pero de tu garganta sólo emergerá una modulación contenida y frustrada. Nadie podrá escucharte. Nadie te ayudará. Seremos tú y yo y mi puño. Mi nombre es Ortodoxa y bajaré las escaleras que comunican el edificio con la calle. Respiraré como una mujer libre, como una mujer que ha cumplido con su misión, mientras tú yaces amordazado e inmóvil sobre el mosaico de un hotel de tres estrellas. Tu culo estará más floreado que la tumba de Pedro Infante en Día de Muertos. Habrás vivido. Soñarás con mejores tiempos y te arrepentirás de toda tu condescendencia e incredulidad. Y yo seguiré mi camino con la frente en alto, unas veces sonriendo y otras sumergida en meditaciones angulosas y brutales. Y mientras aguardo en una esquina que la luz del semáforo cambie a verde, un machito se cruzará por mi camino y me mirará de arriba abajo saboreando la forma de mis piernas y la dureza de mis nalgas. Pensará que soy una cualquiera por llevar un vestido de verano y zapatos de tacón. Pensará y ese será su único error: pensar.

Mi

nombre

es

Ortodoxa

y he llegado más allá del límite del encabronamiento. Les aseguro que en cualquier momento sentirán un aliento cálido en la nuca, entonces será muy tarde para empujar el tiempo hacia atrás. No lo olviden: a quien olvida, se lo coge el Tiempo. Y amén.

f.l. Crank
San Cristóbal de las Casas, 2006
Norte Carolina, 2012

Otros títulos de Suburbano Ediciones

Ficción

La detener de lo real
Priska Barreto

Manchirigene
Camilo Pino

Gerard Nuestecom
Vera

Anaber
Raquel Abend Van Dalen

Ini el love 'n' found
Santiago Vizquez Vásquez

Antologías

Miami Unplugged
Editores: Hernán Vera Álvarez
y Pedro Medina León

Viaje One Way
Editores: Pedro Medina León
y Hernán Vera Álvarez

Ensayo

Leopoldo María Panero
o los universos del tacto
Rebeca García